www.tredition.de

AF185053

70 Tage Pandemie

—

**Chronik eines Selbstversuchs,
Geschichte einer Politisierung**

www.tredition.de

Verlag & Druck: tredition GmbH, Halenreie 40-44, 22359 Hamburg

ISBN
Paperback: 978-3-347-09712-4
Hardcover: 978-3-347-09713-1
e-Book: 978-3-347-09714-8

Inhaltsverzeichnis

Mein Dank gilt Dir, unseren Kindern und unseren zwei speziellen Freunden, Ihr wisst schon, dass IHR gemeint seid!

Vorwort

Die Motivation für dieses Werk war durchs Niederschreiben festzuhalten, was geschehen ist, damit niemand nachher sagen kann, es sei ganz anders gewesen. Zeitzeugenschaft nennt man das, glaube ich.

Natürlich wird jede/r, der sich auf eine Simulation wie die beschriebene einlässt, in ihr etwas Anderes erleben und fühlen als alle anderen.

Im Übrigen halten Sie selbstverständlich ein rein fiktionales Werk in den Händen. Mögliche Ähnlichkeiten mit Ihnen bekannten Personen oder Situationen sind reiner Zufall – wie sollte es auch anders sein bei einer Simulation?

Viel Spaß beim Lesen!

Ihre Hendrike

Prolog

Ein wenig ziellos gehe ich die „Real life" - Simulationen, Kategorie „weltweite Katastrophen", durch. „3.Weltkrieg"? Ochnö, ich habe mich schon vor Jahren ausgiebig mit Nr.1 und 2 in der Schule und danach immer wieder aus Interesse selbst damit beschäftigt. „Nuklearer Ernstfall"? Die Vorstellung *dieses* Szenarios löste schon immer tiefste Beklemmungen in mir aus, also lieber nicht. Auch „Invasion aus dem All" (gähn! Schon tausendfach verfilmt!) und „Dürre, Sturm und Erdbeben" verwerfe ich kurzerhand.

Dann stoße ich auf etwas Interessantes: „Pandemie" und finde folgende Information über den Inhalt: „In der chinesischen Metropole Huwan breitet sich das neuartige Rocona-Virus (Typ 2) aus. Durch massivste Maßnahmen wie strenger Hausarrest für die gesamte Region scheint eine Eindämmung zu gelingen. Doch dann kommt es auch in Europa und anderen Teilen der Welt vermehrt zu Ausbrüchen...". Cool! „Outbreak" war schon immer einer meiner Lieblingsfilme! Wieso also nicht? Gespannt lege ich die Disc ein und freue mich auf die laut Herstellerangabe 70 Tage dauernde Simulation....

Tag 1

Ich finde mich in den Straßen meiner Stadt wieder. Alles scheint wie immer, die Menschen um mich herum lachen, streiten und grummeln wie eh und je. Keine Spur von Vollschutzanzügen und Darth Vader-Masken. Vor einer guten Woche haben viele noch Karneval und Fastnacht gefeiert. Als ich mir mein Smartphone zur Hand nehme, ist *doch* etwas anders: Die WhatsUpp-Gruppen sind voll von Rocona-Witzen: Hustende Haustiere, Häuser mit Mundschutz und lustige kleine blaue Eier mit Antennen – halt?! Hier sehe ich das Virus zum ersten Mal. Im Comic scheint es eigentlich ganz schnuckelig. Besonders gehaltvoll sind die Witze jedenfalls nicht.

Um mich jetzt am ersten Tag in dieser neuen Welt doch irgendwie zu orientieren, suche ich Hilfe in Film, Funk und Fernsehen. In den Nachrichten erfahre ich, dass wir uns keine Sorgen machen zu brauchen, da die Situation in Deutschland mit nur geringen Fallzahlen völlig im Griff sei.

Tag 2

Immer noch nichts Wesentliches passiert. Aus Langeweile informiere ich mich auf der Homepage des Robert-Koch-Instituts, mit was für einen Virus wir es da eigentlich zu tun haben. Dort erfahre ich, dass dieser neue Keim im Gegensatz zu seinem Bruder, dem Rocona-Virus Typ 1, welcher vor einigen Jahren mal sehr lokal in China für Angst und Schrecken gesorgt hat, zwar wesentlich ansteckender, dafür aber auch deutlich weniger tödlich sei. Die Symptome reichen von „gar nichts gemerkt" über Schnupfen und Husten bis hin zur Lungenentzündung, sterben tun vor allem Ältere und Vorerkrankte. Die Inkubationszeit (also die Dauer der Zeit, bis ein von einem Hustenden Angehusteter auch hustet...) beträgt im Mittel 6 Tage, die Krankheitsdauer ist variabel, bewegt sich bei mildem Verlauf aber auch im Bereich von mehr oder weniger einer Woche. Ich betrachte die Daten und fühle mich an eine Grippe erinnert, muss aber im nächsten Satz erfahren, dass der Vergleich mit der Grippe dieser neuen Gefahr in keinster Weise gerecht werde, weil .... – ja, wieso eigentlich? Ich verstehe die Argumentation nicht bzw. kann gar keine Argumente finden.

Am Nachmittag erhalte ich Post von einer befreundeten Familie aus Heinsbruck in NRW. Dort wurde wohl ein bisschen wild Karneval gefeiert und Rocona war auch dabei, sodass man dort jetzt auf

Grund der Zahl der Fälle von einem „Infektionsclus-
ter" spricht. Mit Erstaunen und Befremden lese ich,
dass dort die Schulen seit einer Woche geschlossen
und die Menschen aufgefordert sind daheim zu bleiben. Krass!

Tag 3

Ebenfalls auf der Seite des Robert-Koch-Instituts (von den vielen selbst ernannten Virus-Kennern um mich herum, die sich täglich zu vermehren scheinen, nur noch lässig RKI genannt) finden sich die Zahlen der Neuinfizierten nach Bundesländern aufgeteilt sowie die weltweiten Risikogebiete, in denen man besser nicht gewesen sein sollte (wenn doch: Pech gehabt!). Hier poppt heute auch die Lombardei auf, das ist gar nicht so weit weg. Quasi über Nacht scheint dort das Gesundheitssystem von einer Welle der Erkrankten hinweggefegt worden zu sein – quasi über Nacht ist das auch Thema bei uns. In der Straßenbahn belausche ich erhitzte Diskussionen der oben schon angesprochenen Menschengruppe, welche Maßnahmen *unsere* Regierung denn nun zum Schutz *unseres* Landes ergreifen sollte. Von Grenzschließungen und Hausarrest höre ich, schaue in die für die frühe Jahreszeit so unverhofft gleißend scheinende Sonne und frage mich, ob ich etwas verpasst habe.

Heute werde ich auch das erste Mal auf eine mir bislang eher unbekannte Berufsgruppe, die Virologen, aufmerksam. Diese armen Menschen beschäftigen sich anscheinend tagaus tagein nur mit Viren. Das stelle ich mir gähnend langweilig vor, kein Wunder, dass manche von ihnen nun die Gunst der Stunde ergreifen und bei Maybrit Illner und co ihr sogenanntes Expertenwissen zum Besten geben.

Tag 4

WHAT??? Ab nächste Woche Dienstag haben die Schulen dicht! Einfach so, mal so für drei Wochen, bis zu den nächsten Ferien. Eine sogenannte „Notbetreuung" soll es nur für einen sehr eingeschränkten Personenkreis geben. In diesem Zusammenhang fällt die nächste neue Vokabel: „systemrelevant". Das sind alle die, die den Laden hier jetzt noch am Laufen halten sollen, also Krankenschwestern, Ärzte, Apotheker, Verkäuferinnen, Müllabfuhr. Deren Kinder werden weiter betreut, aber nur, wenn beide Elternteile in genannten Bereichen arbeiten, außer…. Das ist mir zu kompliziert, ich steige aus. Den kollektiven häuslichen Nervenzusammenbruch vieler Familien angesichts dieser Neuigkeiten kann ich nur erahnen.

Und was ist eigentlich mit Rocona? Das ist nun doch ganz furchtbar schlimm, wir sehen Bilder von Intensivstationen und Leichenwägen aus Italien – aber bitte keine Panik, ruhig bleiben und die Nerven bewahren. Und die Sonne scheint weiter.

Tag 5

Heute beim Einkaufen finde ich leergeräumte Regale vor. Eine gähnende Lücke klafft mir entgegen, wo vorher das Klopapier war. Erschrocken schaue ich auf dem Smartphone kurz nochmal nach: nein, Durchfall ist *kein* typisches Rocona-Symptom. Kopfschüttelnd gehe ich weiter und entdecke Leerstände auch bei Mehl, Hefe, Nudeln, Nudelsoßen. Ein kleiner wohliger Gruselschauer streicht mir über den Rücken, jetzt geht's so richtig los mit dem Katastrophenszenario, deshalb bin ich schließlich hier. Nur – was essen? Ich entscheide mich für zwei Flaschen Rotwein und Pizza, die gibt's noch – aus Solidarität für Italien!

Tag 6

Sonntag! Wandern mit Freunden. Klar, was Thema Nr.1 ist an diesem wunderschönen Frühlingstag und herrlichster Natur – ebenso klar, welch` blöde Kommentare jeder Heuschnupfen-Nieser nach sich zieht. Neben dem Austausch 1000er-Klopapier-Witze (wer produziert eigentlich in so kurzer Zeit so viel Blödsinn?) erfahren wir, woran es beim Nachschub der begehrten Ware hapert: Die LKWs stehen in Italien an der Grenze und dürfen nicht rein. Das ist natürlich bitter!

Nach dem Wandern gehen wir noch in ein Café. Die Mahnungen der uns Regierenden, Kontakte zu meiden und möglichst zu Hause zu bleiben, scheinen Wirkung zu zeigen, es herrscht gähnende Leere. Während wir unseren Kuchen genießen, beobachten wir den Verkaufsbetrieb im angrenzendem Thekenraum: vereinzelt tröpfeln die Kunden hinein, nähern sich schüchtern der Bäckereiverkäuferin und schleichen sich verstohlen mit Unmengen von Tortenstücken wieder hinaus ins rettende keimfreie Auto. Mmh… aber diese Tortenmengen werden sie doch kaum nur im Kreise ihrer Kernfamilie verzehren, oder? Und wenn doch, wie ungesund ist dieser Zucker-Sahne-Konsum eigentlich? Böse Gedanken um die Schlagworte „Heuchelei" und „Doppelmoral" kommen mir in den Sinn.

Tag 7

Letzter Schultag für die Kleinen. Schon vor ihrem Aufbruch heute Morgen lese ich die Eilmeldung des Rektors: Auf Nachfragen besorgter Eltern, die um die Gesundheit ihrer Sprösslinge fürchteten (was haben die eigentlich für ein Problem? Ich dachte, Kinder erkrankten an diesem Virus allenfalls leicht?!), versichert er, dass die Schule heute selbstverständlich **freiwillig** sei, wer aus Angst vor Rocona lieber zu Hause bleiben wolle, könne dies tun. Ich staune. Mittags dann ihre Heimkunft mit einem Haufen Bücher, Hefte und Aufgabenblätter. Das alles fühlt sich schon irgendwie wie der Beginn etwas Neuem an – oder der Abschied von etwas Altem, was wir vielleicht mehr gemocht haben, als uns im Alltag so klar war? Die nächsten Wochen werden es wohl zeigen.

Wieder kein Klopapier in den Läden – dafür Meldungen eines Ausbruchs im Elsass. Das ist nun tatsächlich sehr nah, sollte ich mir jetzt wirklich Sorgen machen?

Tag 8

Viele viele aufgeregte Anrufe in meiner Hausarztpraxis. „ICH will einen Abstrich, jetzt sofort, weil ich huste, und wer weiß, ob die Bekannte meiner Nachbarin, die immer mit mir zusammen bei ihr saß, da nicht was eingeschleppt hat. Die hat immer so geschnieft und jetzt trägt meine Nachbarin auf einmal einen Mundschutz – da stimmt doch was nicht!" Habe ich das jetzt wirklich gehört? Auf meine vorsichtigen Versuche hin zu beruhigen und zu versachlichen wird mir mehr oder weniger unterlassene Hilfeleistung vorgeworfen. Innerlich (und äußerlich auch) seufzend gebe ich nach und biete dem Patienten unser Abstrich-Konzept: eine gesunde Kontaktperson kann das Set abholen, der Abstrich zu Hause vor dem Spiegel selbst durchgeführt werden und dann wieder kontaktlos in unseren Briefkasten geworfen werden. Schutzausrüstung, die wirklich schützt (laut unserer ärztlichen Hammelführer Schutzbrille, FFP2-Maske, Handschuhe und Einmalkittel – juchu, „Outbreak" ist endlich da!), haben wir nämlich nicht und werden wir wohl auch nicht so schnell bekommen, ist nämlich vergriffen. Der Patient ist nicht zufrieden, er hat keine Kontaktpersonen und will auch mit niemanden Kontakt – na dann?!

Abends (nach Korrektur der Schulaufgaben meiner Kinder und der damit verbundenen Auseinandersetzung, warum welche Ergebnisse inwiefern falsch waren – Hilfe, holt mich hier raus!) erfahre ich von der Etablierung einer „Fieberambulanz" zur Entlastung der Hausarztpraxen. Wie ich das als mitdenkender Mensch finde, weiß ich noch nicht, die Arbeit in meiner Hausarztpraxis wird es wohl erstmal erleichtern. Ebenso wie das betrieblich angeordnete Home Office meines Mannes für alle, die nicht vor Ort arbeiten müssen, die Nervenbelastung des Home Schoolings abmildern wird – hoffentlich.

Tag 9

Im Elsass scheinen die Krankenhäuser zuzulaufen, in einer Art Panikreaktion (oder angemessen?!) wurde ein Hausarrest für diese Region verhängt. Unser offenbar nicht um Menschen an sich, sondern um „seine" Baden-Württemberger besorgter tattriger Ministerpräsident spricht nicht etwa von Hilfsmaßnahmen, stattdessen philosophiert er über Grenzschließungen.

Als direkte Reaktion auf den Notbehelf mancher verzweifelter Familie auf die Schulschließung erfolgt im Übrigen eine öffentliche Mahnung: Die Kinder zur Betreuung bei der „Risikogruppe" (auch dieser Begriff übrigens ein heißer Tipp für das (Un?) Wort des Jahres) Großeltern abzugeben sei nicht angeraten, nein, sogar gefährlich und unverantwortlich. Die kleinen Keimschleudern, die schon vor der großen Schulschließung in starkem Verdacht gestanden hatten, zur Verbreitung auch des neuesten Virus kräftig beizutragen, sollten doch am besten zu Hause bleiben. Wie lange? Keine Antwort!

Lustig (oder eben auch gerade so gar nicht!) auch die neue Regelung für Restaurants: dort darf jetzt nur noch von 11:00 bis 17:00 gespeist werden – jegliche echt geduldigen Erklärungsversuche der Gastronomen gegenüber der Obrigkeit, dass hiermit genau jene Zeit, in der ein Großteil der Einnahmen erzielt werde, gestrichen werde, bleiben wirkungslos. Und ich frage mich, ob Rocona abends ansteckender und tödlicher ist als mittags?!

Das neue Gesicht neben Kanzlerin Kermel ist „Star-Virologe" Frosten. Er erklärt uns mantraartig, dass es um ein „Abflachen der Kurve" (der Neuinfektionen) geht, die 1-Million-Dollar-Frage, was passiert, wenn die Kurve denn dann abgeflacht ist, stellt keiner.

Tag 10

Immer noch kein Klopapier. Langsam wird's wirklich knapp. Auch im Seifenregal bei DM klaffen riesige Lücken, ein paar wenige gibt's noch. Die Kinder dürfen aussuchen, wir kaufen zum ersten Mal in unserem Leben vegane Share-Flüssigseife „Weißer Lotus – Mandelöl" zu Freudenhauspreisen. Zu Hause stellt sich heraus: das Zeug riecht total gut, wer hätte das gedacht!

In den sozialen Netzen kursieren Posts, welche Länder was horten (s.u.), sehr lustig!

Hamsterkäufe

USA: Medikamente und Waffen

Italien: Zigaretten und Grappa

Frankreich: Kondome und Rotwein

Holland: Haschisch und Käse

Schottland: Whisky

Deutschland: Klopapier und Mehl

Ich bin im falschen Land!

Die Grenzen sind nun übrigens wirklich dicht. Einfach so! Rüber darf nur noch, wer einen triftigen (schriftlich verbrieften versteht sich!) Grund hat. Nicht nur nach Frankreich, sondern wohl auch anderswo. So richtig weiß das keiner, die Gerüchteküche (und nicht nur diesbezüglich) kocht seit Tagen, eigentlich seit Beginn dieser Simulation vor sich hin. Weitere Inhalte sind die Herkunft des Virus (laborgezüchtet und so – mal ehrlich, dafür ist dieses Rocona doch ein bisschen lame[1], oder?!), mögliche weitere drastische Maßnahmen, die uns drohen (und die Leute sagen mit einem lustvoll schaudernden Unterton „bald dürfen wir auch nicht mehr raus" – als wären *die* in einer Simulation und nicht ich!), Todeszahlen, Infektionsketten, …. Ich habe das Gefühl im falschen Film zu sein (bin ich ja irgendwie auch) und merke, dass es unpopulär wird, „das Ganze nicht ernst genug zu nehmen".

---

[1] lame [leɪm] = Englisch für: lahm, schwach, dürftig, unzureichend, wenig überzeugend

Tag 11

Tja, das finden wohl auch Frau Kermel und der sie neuerdings wie ein Schoßhündchen begleitende Frosten (oder ist das Verhältnis zwischen ihnen vielmehr anders herum? Ach, egal). Jedenfalls traten sie heute gemeinsam vor die Presse um uns (ihrem Land, ihren Bürgern) mit Grabesmiene genau *das* vorzuhalten. Weil so viele von uns (diese unsolidarischen Schweine, könnte man als Unterton herauslesen…) zu viele Kontakte gepflegt hätten, auch sogar in der letzten Woche noch, als man uns doch schon so ausdrücklich gewarnt habe [usw., usw.] – müsse man diese jetzt gesetzlich unterbinden. Deshalb (zum Schutz aller und vor allem der Risikogruppe und um die erwartete Infektionswelle soweit hinauszuzögern („flattening the curve", kennen wir ja jetzt alles schon)) müssen wir jetzt alle zu Hause bleiben und dieses nur noch im Kreise der Familie verlassen, sprich, es ist verboten, Freunde zu treffen. Und die Restaurants und Frisöre und was auch immer sind nun auch zu (war mittags wohl doch auch zu ansteckend…).

Sacht mal, Kermel und Frosten, seid Ihr meine Mama und Papa?! Weil wir nicht artig waren, müssen wir bestraft werden und wenn wir wieder nicht artig sind – ja, was dann? „Damit wir nicht so Bilder wie in Italien sehen müssen". Ach so.

Ich fühle mich bevormundet, machtlos, einfach nur schlecht. So hab` ich mir das Pandemie (ach so, ja, die wurde nebenbei auch mal an einem der letzten Tage ausgerufen, um die gerade verabschiedeten Gesetze zu rechtfertigen) - Szenario nicht vorgestellt: Immer noch keine Leichenberge, aber mir von Mutti sagen lassen müssen, was ich zu tun und was zu unterlassen habe. Ich spiele mit dem Gedanken, das Ganze abzubrechen, bin aber, da die Simulation noch weitere 59 Tage dauern soll, doch zu neugierig, was noch geschehen wird. Aber heute gebe ich mir das Versprechen, wachsam zu bleiben, was hier passiert und notfalls agierend einzugreifen (wenn möglich).

Tag 12

Kurioses, Teil 518: Heute beim Bäcker! Schon auf dem Weg dahin (relativ früher Morgen) zählen wir (neidisch?!!) die Menschen, die mit Klopapierpackungen unterwegs, ergo, uns Langschläfern zuvorgekommen sind und die kärgliche morgendliche Lieferung aus dem Supermarkt direkt weggekauft haben. Wir stellen uns auf einen weiteren Tag ohne Hakle und co ein. Welch` erfreuliche Überraschung, beim Bäcker in der Auslage neben Brötchen und Gebäck Mehl, Seife und - joheiassa! - Klopapier zu finden! Die nette Bäckersfrau erklärt uns, dass sie das für ihr (gestern per Dekret geschlossene) Café jetzt erstmal alles nicht mehr braucht und es deshalb angesichts des allgemeinen Mangels ihren Kunden verkauft. Da wir nicht so viel Geld dabeihaben, werden es jetzt halt ein paar weniger Brötchen, aber egal! Diese kreative Freundlichkeit unseres Stammbäckers beschwingt, zum ersten Mal kann ich die schon seit Tagen in der Zeitung gelobte Solidarität (von wegen Einkaufen für die Risikogruppe und so) ein Stück weit nach- und mitfühlen. Die ergatterte Packung gibt Sicherheit, jetzt kann nichts mehr schiefgehen!

Einkaufen an sich ist übrigens über Nacht völlig unentspannt geworden: Wie aus dem Nichts schießen Trennscheiben (der inoffizielle despektierliche Name lautet: Spuckschutz!), die die freundlichen Kassiererinnen vor der feuchten Aussprache ihrer Kunden (und vice versa) schützen sollen, aus dem

Boden und an die Supermarktkassen. Außerdem gibt es in manchen Läden nun vorgeschriebene Laufwege, die mit Pfeilen auf dem Boden gekennzeichnet sind. Die besonders hygienebewussten Betreiber desinfizieren nach jedem Kunden die Grifffläche des Einkaufswagens. Letztere dienen in den meisten Geschäften nun als Kundenzähler. Wenn alle weg sind, heißt es draußen warten. Passiert aber eh kaum, da es völlig leer ist, sitzen wohl alle angsterfüllt zu Hause. Irgendwie spooky[2], das Ganze, ich gehe lieber auch wieder schnell nach Hause!

---

[2] spooky [ˈspuːki] = Englisch für: gruselig, gespenstisch, schauerlich, geisterhaft, schaurig, schreckhaft

Tag 13

Wieder mal wandern. Heute alleine, denn mit Freunden ist ja verboten. Dieselben, die am letzten Wochenende noch so lustige Klopapier-Witze im WhatsUpp-Status hatten, posten jetzt eine ganz neue Art von Bildchen und Filmchen. Darin zu sehen sind mehr oder weniger sympathische Menschen größerer oder geringerer Prominenz, die andere (also uns) dazu auffordern zur Verhinderung von Ansteckung (wir die anderen und sie uns, gebetsmühlenartig wird das erklärt, falls wir es immer noch nicht kapiert haben – danke, haben wir bereits!) zu Hause zu bleiben. Damit und wenn wir unsere Mitmenschen im Schneeballeffekt ebenfalls dazu motivieren, werden wir, so wird es suggeriert, Menschenleben retten. Mein Mann nennt das etwas böse die „Stay at home, die alone[3]" – Propaganda. Wir verstehen den Gesinnungsschwenk unserer vor einer Woche noch so differenziert urteilenden Freunde nicht, verlassen uns darauf, dass alle, die zu Hause bleiben, *unser* Leben schützen (wir unsolidarische Schweine!) und gehen trotzdem wandern. Prompt begegnet uns auf dem Waldweg ein Polizeiauto, was wir echt krass finden – normalerweise muss man die hierzulande selbst in den Brennpunkten der Großstädte suchen! Auf ca.

---

[3] Stay at home, die alone = Englisch für: Bleib zu Hause und stirb einsam

halber Strecke dann ein erfreuliches Beispiel unternehmerischer Findigkeit: Die zwangsgeschlossen gewähnte Ausflugsgaststätte verkauft „To go" nach draußen; da netterweise ein paar Tische und Stühle stehen gelassen wurden, können wir in 5 Meter Entfernung zu anderen erfreuten Gästen doch noch Kaffee und Kuchen genießen. Wie gut diese noch vor wenigen Tagen selbstverständlich gewesene Köstlichkeit schmeckt!

Tag 14

Heute Morgen in der Praxis erzählt mir ein Patient: In der Straßenbahn fragte ihn die Polizei, wohin er wolle. Er gab die Praxis als Ziel an und dann zu Bedenken, dass er *alleine* doch unterwegs sein dürfe?! „Ach ja, stimmt", habe der Polizist gesagt.

Nach der Praxis treibe ich mich nochmal auf der Homepage des Robert-Koch-Instituts herum. Die vielen Zahlen werden mittlerweile durch bunte Balken visualisiert, parallel dazu gibt es (Achtung, schon wieder ein neues Wort!) Dashboards über das globale Geschehen, das sind solche geographische Karten wie im Atlas, statt wie dort Informationen über Bruttoinlandsprodukt oder das hauptsächlich angebaute Getreide (jaja, ich habe im Erdkundeunterricht damals aufgepasst) findet man hier Fall- und Todeszahlen als Info über die Länder.

Nebenbei erfahre ich, dass Schweden entgegen der restriktiven Maßnahmen vieler europäischer Länder auf Freiwilligkeit setzt, Erkrankte bittet zu Hause zu bleiben (komisch, dass es erst eine Pandemie gebraucht hat, bis das mal jemand begreift!) und ansonsten man dort über Ostern weiter Skifahren kann – cool.

Ach ja, und fast hätte ich`s vergessen: Baden-Württemberg nimmt jetzt doch ganze VIER elsässische Intensivpatienten auf! Ein Hoch auf die Deutsch-Französische Freundschaft!

Tag 15

Telefonat mit der Schwägerin: Ihre beiden Kinder im Grundschulalter haben mit einem dritten im Hof gespielt. Naaa, wer ahnt, wie es jetzt weitergeht??? Richtig: Herr Nachbar hatte nichts Besseres zu tun als die Polizei zu rufen. Zwei –wie man zu ihrer Verteidigung sagen muss: eher beschämte – Beamte klingelten kurz darauf an der Wohnungstür der Schwester meines Mannes und machten sie auf ihr „Vergehen" aufmerksam. Später lese ich in der Zeitung, dass unser Innenminister aufmerksame Bürger dazu aufruft, die Polizei mit Meldungen bei ihrer Überwachung, ob sich auch alle brav an die Maßnahmen halten, zu unterstützen.

Am Abend dieses Tages, während dessen ich mit vielen verängstigten und verunsicherten Menschen gesprochen habe, platzt mir der Kragen und ich schreibe einen Leserbrief, der wohl nie irgendwo erscheinen wird, da die Presse inzwischen einfach nur 1:1 wiedergibt, was die Politiker von sich geben. Neue Rubriken heißen „Zuhause" oder „Kinder, Kinder", hier werden hochklassige brandaktuelle News verbreitet – wie z.B. Bastelanleitungen für eine Maske für den Osterhasen, Rezepte für Omas besten Apfelkuchen oder Anleitungen zum richtigen Händewaschen [gemäß dem Motto: „Ihr wascht Euch die Hände, WIR waschen Euer Gehirn!"]. Auch die IKEA-Reklamen des im Übrigen natürlich überall außer in Schweden geschlossenen Möbelhauses rufen zum hyggeligen[4] Zuhausebleiben mit im Internet bestellten Polstermöbeln auf. Ich frage mich zweierlei: 1. Tun die Firmen das, weil ihre Hirne schon erfolgreich gewaschen sind oder einfach nur, um weiter ihren Kram zu verkaufen (weil Gartenmöbel und Großfamiliengrills grad uncoolerweise echt schlecht laufen)? 2. Wie sollen eigentlich die Boten von Hermes und andere Freunde der Paketlogistik zu Hause bleiben, die uns den ganzen Sch… liefern sollen, den wir brauchen, um hyggelig zu Hause bleiben zu können?

---

[4] hyggelig ['hygəli] = Dänisch für: gemütlich, heimelig, bequem, behaglich, nett

Tag 16

Mein Leserbrief:

Gedanken über Werte – ein Appell

Angst ist ein schlechter Ratgeber – das weiß jeder. Dennoch beherrscht sie dieser Tage alles. Ja, wir haben alle mit dem Verstand begriffen, dass der Sinn der derzeitigen freiheitsberaubenden Maßnahmen die Reduktion der Replikationszahl des Virus und hierüber der Schutz der Vorerkrankten unserer Gesellschaft ist – gefühlsmäßig jedoch haben wir verstanden, dass wir Angst haben müssen: Angst vor anderen Menschen, Krankheit, Tod.

Oder ist es mit Vernunft zu erklären, wenn mein Kind beim Überschreiten der roten Linie im Supermarkt panisch von der Kassiererin angeherrscht wird? Ist Vernunft der Anlass, dass Nachbarn meiner Schwägerin, als sie ihre zwei Kinder mit einem dritten draußen spielen sahen, die Polizei riefen?

Angst, die all diese „Maßnahmen" (hoffnungsvoll ein Favorit für das Unwort des Jahres 2020!) schüren, die jede deutsche Zeitung undiskutiert mitträgt und in gänzlich unreflektierter Weise gegen die sogenannten „Regelbrecher" Stimmung macht.

Dabei wäre spätestens jetzt Zeit für eine breite gesellschaftliche Diskussion über die Werte unserer Gesellschaft, was wir wofür zu opfern bereit sind. Hier ein Zitat aus der viel beachteten Stellungnahme der

Epidemiologischen Gesellschaft zum Thema „Rocona"

„Uns sollte dabei immer bewusst sein, dass diese Einschränkungen der Bürgerrechte menschlich, sozial, wirtschaftlich und auch gesundheitlich eine erhebliche Belastung für die Menschen und Unternehmen unseres Landes darstellen. Es ist daher notwendig, dass zu diesen Themen eine öffentliche Diskussion geführt wird – in der Kenntnis der unterschiedlichen Szenarien, der bevorstehenden Gefahren und der eigenen Möglichkeiten."

Zur geforderten öffentlichen Diskussion hier einige Anregungen:

Was ist der Wert des Lebens, eines Lebens in unserer sich so gern als humanistisch und christlich verstehenden Gesellschaft?

Hierzu einige Zahlen, die dieser Tage doch so beliebt sind:

In den griechischen Flüchtlingslagern leben mehr als 40.000 Menschen unter menschenunwürdigen Bedingungen, mit der extrem hohen Gefahr von Seuchenentwicklung, nicht nur, aber auch durch Rocona.

2.900.000 Flüchtlinge leben in der Türkei, als sich ein Bruchteil von ihnen in Richtung Europa aufmachen wollte, wurden sie mit Billigung von uns allen mit Tränengas und Wasserwerfern zurückgedrängt

Über 10.000 Flüchtlinge ertranken im Mittelmeer in den letzten 4 Jahren.

Was ist der Wert eines Lebens? Ist der Wert eines deutschen Lebens höher als der eines Flüchtlings? Wie sonst ist es zu erklären, dass ein weitgehendes Aussetzen des Grundgesetzes dieser Tage als völlig akzeptable und nicht widersprochene Maßnahme zum Schutz des Lebens von (je nach Statistik) 0,5-5 % der Bundesbürger hingenommen wird, während unsere Antwort auf humanitäre Katastrophen außerhalb unseres unmittelbaren Blickfeldes Wasserwerfer, Tränengas und „Ablasszahlungen" in die Kassen eines frauenfeindlichen Diktators sind?

Und dann ist da noch die Freiheit. Ein Wert, der sogar (zusammen mit dem derzeit ausgesetzten (Grund-) Recht) Eingang in unsere Nationalhymne gefunden hat. Ein Wert, dessen Wichtigkeit im Verlauf gerade unserer deutschen Geschichte extremen Schwankungen unterlegen war und vielleicht erst jetzt, für diese und die letzte Generation von Heranwachsenden in ihrer ganzen Vollumfänglichkeit zur Selbstverständlichkeit geworden ist: Die vollkommene Freiheit des Denkens, Handelns, Urteilens und der Fortbewegung sowie Meinungsäußerung – unabhängig von Geschlecht, Bildungsgrad oder Herkunft.

Augenreibend und meinen Ohren nicht trauend sehe, höre und erlebe ich als Mitglied eben dieser glücklichen Generation dieser Tage den vollkommenen und unwidersprochenen täglich zunehmenden Rückbau dieser Privilegien, die ich nie als solche, sondern als DNA unseres Landes verstanden habe. Fast nebensächlich frage ich mich, welcher Tatsache mein größeres Entsetzen geschuldet ist – der wochenlangen Gleichschaltung der öffentlichen Meinung, persönlichen Freiheitsberaubung etc. etc. – oder der der geringen Zahl der leisen widersprechenden hinterfragenden Stimmen? Wie kann es sein, dass gerade ein Volk, welches aus seiner Geschichte das Gegenteil gelernt haben sollte, das Denken und Entscheiden nun wieder so bereitwillig, so willenlos „denen da oben" überlässt?

Ich finde, das kann überhaupt nicht sein! Also mein Appell: liebes Deutschland, liebes Land der Dichter und DENKER, versuche es doch dieser Tage, nein, am besten, jetzt heute und sofort, statt mit Emotionen wieder mit dem Verstand zu denken. Liebe Mitbürger, bildet Euch (wieder) eine Meinung, am besten jede/r eine eigene!

Und sollte sich nach breiter ergebnisoffener gesellschaftlicher Diskussion (und damit meine ich NICHT diejenige zwischen Herrn Frosten, Frau Kermel und Konsorten) ein Konsens dafür finden, dass die vermutliche Rettung einer unklaren Zahl von Menschenleben in diesem Lande die mehrmonatige Einschränkung unserer grundlegenden Bürgerrechte rechtfertigt (denn diese Zeiträume finden sich in o.a. Quelle – erstaunlicherweise bislang gegenüber der Bevölkerung unkommuniziert!) – dann sei es so! Aber doch bitte bitte nicht ohne Diskussion!

Eine von denen, für die Ihr allabendlich klatscht.

Tag 17

Ach ja, das Klatschen. Eine der vielen neuen Gewohnheiten, die wie das Straßenseitenwechseln bei drohendem Menschenkontakt, das zigfache Händewaschen bzw. je nach Grad der Panik auch Desinfizieren derselben und das mehrfach tägliche Konsultieren der RKI-Homepage (wo sich über einen Tag übrigens mal so grad gar nichts ändert) Teil unseres Alltags geworden sind. Jeden Abend um 20:00 finden sich mal weniger, mal mehr (derzeit eher mehr, Wetter ist ja auch weiterhin gut) Gutmenschen auf ihren Balkonen, um dem aufopferungsvollem Einsatz der vielen KrankenpflegerInnen und ÄrztInnen weltweit Applaus zu schenken. Komisch, dass deren Arbeitsbedingungen die letzten (mal überlegen...) Monate, nee, Jahre, eher Jahrzehnte keine Socke interessiert hat. Aber jetzt, wo man eh nichts zu tun hat, kann man sich echt gut dabei fühlen zu denen zu gehören, die jetzt mal Respekt zollen. Und dabei im Übrigen auch noch im Sinne der allgemeinen Solidarität kontrollieren, ob Nachbars selbiges schön auch tun. Denn wehe, wenn nicht....

Ein kleines über WhatsUpp kursierendes Witzchen hierzu:

16:00 Gemeinsam zu Hause bleiben – Regenbogen basteln aufm Balkon

18:00 „Freude schöner Götterfunken" spielen gegen die Rocona-Angst

20:00 Klatschen für die Ärzte und das Pflegepersonal aufm Balkon

21:00 Gedenkkerze anzünden für die Rocona-Toten

23:00 Masturbieren für die arbeitslosen Prostituierten aufm Balkon

Ich wusste gar nicht, dass Quarantäne so anstrengend sein kann!

Ansonsten: Home Schooling sucks[5]. Die offensichtlich ohne die lieben Kleinen völlig hohl drehenden Lehrer überschütten uns durchdrehende (weil wir eigentlich arbeiten müssten!) Eltern in sicherlich guter Absicht (so viel will ich ihnen mal zu Gute halten) mit Emails voller lustiger Ideen und Aufträge, was unsere Kinder denn so tun könnten. Das geht vom normalen, „nur" täglich auszudruckenden Unterrichtsmaterial über „So viel Sportspaß haben wir mit einem Handtuch" - Videos und Erklärclips zu Primzahlen bis hin zu vorgeschlagenen Experimenten, die selbst die hochbegabtesten Erst- bis Sechstklässler sicher nicht alleine zu Stande bekämen. Wir sind dazu übergegangen, den nicht verpflichtenden

---

[5] sucks [sʌks] = Amerikanisch umgangssprachlich für: Ist scheiße, nervt

Anteil dieser Gemengelage zu ignorieren, da wir schon am Umfang des obligatorischen Materials verzweifeln. Denn leider ist es nicht so, dass die Kinder, wenn das dann alles mal ausgedruckt ist, ihre Vormittagsschulstundeneinheit brav damit verbringen, die abzuarbeiten. Mit an Sicherheit grenzender Wahrscheinlichkeit gibt es a. Streit, b. Bitten um Hilfe/Erklärungen, c. Hunger oder alles zusammen. Es hat ja nun auch seinen Grund, dass Lehrer ein Beruf ist und in jeder Klasse einer steht – auch wenn vermeintlich „still" gearbeitet wird.

Tag 18

Heute lese ich in der Zeitung (wieso ich mich mit dieser gleichgeschalteten Schundlektüre jeden Tag selbst kasteie, weiß ich eigentlich auch nicht. Vermutlich liegt es einfach daran, dass hier sonst nichts passiert: Draußen ist tote Hose, die Straßen meist menschenleer, treffen darf man ja eh keinen und wenn man telefoniert, hat man sich nichts zu erzählen, weil keiner etwas erlebt. Und die sich in den Straßen aufhäufenden Leichen sind auch weiterhin ausgeblieben, nicht mal einen kleinen Husten gibt's...), jedenfalls lese ich in der Zeitung, dass unser schönes Ausflugslokal vom letzten Wochenende auf Grund des Hinweises eines aufmerksamen Lesers vom Ordnungsamt geschlossen wurde. PETZE! Wie kann man nur? Auf Seite 3 erfahre ich dann, wieso diese und ähnliche Verhaltensweisen *keine* Denunziation sind. Und zwar beinhalte der Begriff der Denunziation das Zugrundeliegen „niederer Motive". Da die braven Mitbürger, die meine Schwägerin und das Ausflugslokal verpfiffen haben, aber selbstverständlich aus rechtschaffender Wohlanständigkeit gehandelt haben, ist die Verwendung solcher Begriffe natürlich völlig überzogen. Ich erinnere mich, dass es vor 85 Jahren schon einmal ein Volk voller rechtschaffender Bürger gab – und mir wird ziemlich schlecht.

Wenige Seiten später trifft die moralinsaure Empörung der tugendhaften Bürger bereits ihr nächstes Ziel: Den Sündenpfuhl der feiernden Skifahrer in

Uschpl. Für diesen bekannten Skiort sehr ungünstigerweise ließen sich einige Infektionen hierzulande (vor allem hier im Süden) auf dort zurückzuführen. Natürlich ist sich unsere hochgeschätzte Tageszeitung nicht zu schade, angesichts dieses Skandals 1. ein „Ballermann im Schnee"-ähnliches „Party und Sauf – Bild" aus den Archiven zu holen, abzudrucken und 2. es dann noch mit „Schlimme Bilder aus Uschpl" zu untertiteln. Wie praktisch, dass es mit den feiernden Skifahrern direkt zwei beneidete und daher suspekte Gruppen in Personalunion trifft: Menschen, die sich zum einen so einen Urlaub leisten können (oder es einfach tun!) - während wir hier vernünftigerweise unsere Raten fürs Eigenheim abstottern und uns solche Extravaganzen nicht gönnen, wo kämen wir denn da hin?! Und zum anderen feiern die auch noch in ausgelassener und völlig unbeherrschter Weise, was sich das brave Bürgerlein ja nicht trauen kann, weil es viel zu peinlich ist. Und überhaupt, was sollen die Nachbarn denken? Ja, wie praktisch, dass Rocona und die Meinungsmache der hiesigen Zeitung einem jetzt mal so einen richtig guten und richtig *richtigen* Grund gibt, über diese Menschen vom Leder zu ziehen!

Mal ehrlich: soll ich mir diesen schlechten Trip wirklich noch 52 Tage lang geben?

Tag 19

Die Leute scheinen irgendwie alle massig Zeit zu haben. Und niemanden (oder einer Minderheit) scheint es einzufallen sich einfach mal vom entschleunigten (nächster Unwort-Favorit!!!) Alltag zu entspannen: Nachdem nach 3 Tagen Home Office und schulfrei die Recyclinghöfe erst überquollen und dann schließen mussten, scheint nun in den Haushalten Platz für neues zu sein. Und da die Baumärkte praktischerweise offen haben (systemrelevant und so) und, wie ich mir habe berichten lassen, echt voll zu sein scheinen, gibt es nun einen neuen Self-made[6]-Möbel-Trend: die Palettenmöbel. Überall über WhatsUpp werden die selbstgezimmerten buntbemalten Sofas, Stühle und Betten stolz gezeigt. Selbstkritisch frage ich mich, ob die Ursache meines inneren höchst ätzenden Spotts für diese neue Unsitte in Wirklichkeit Neid sein mag – Neid auf das Handwerksgeschick meiner Freunde und Bekannten, auf deren freie Zeit, Muße, Kooperativität in der Familie beim Zusammenbau...?! Und komme zum Ergebnis: nö, eigentlich nicht, diese ABM-Maßnahmen sind im Zeitalter von IKEA und anderen Zusammensteckmöbelhäusern wirklich völlig sinnbefreit und lenken von den eigentlichen Problemen ab. Sorry, liebe Freunde, aber ist halt so.

---

[6] Self-made = Englisch für: Eigenbau, selbstgemacht

Tag 20

Auf meinen Leserbrief, den ich auch im Freundeskreis herumgeschickt habe, kam recht große Resonanz. Neben viel Zustimmung gab es auch nachdenkliche Stimmen in verschiedene Richtungen, auch andere eigene Texte erhielt ich. Einer schrieb: „dieser Tage sehen viele Leute keine Nachrichten mehr oder nur sehr sporadisch welche, andere -eher in Wellen- übermäßig viel." Ich gehöre wohl eher zu letzteren und finde es auch echt bizarr, dass ich in dieser Simulation mehr die Erlebnisse, Gedanken und sonstiger Ergüsse anderer konsumiere und hier wiedergebe als selber etwas zu erleben. Irgendwie findet diese Pandemie – zumindest hier! – eher im Innen- als im Außenleben statt. Sie ist für jeden das, was er oder sie daraus macht. Kurz halte ich im Denken verwirrt inne: gilt das nicht eigentlich immer für alles, was uns passiert? Aber irgendwie ist es gerade anders, es fehlen der Austausch und das Erlebbare, gerade *das* ist uns ja durch die Kontaktsperre genommen worden. Und jetzt zeigt sich, dass die in den vergangenen Jahren für einige zum Ersatz für echten Kontakt gewordenen sozialen Medien genau das *nicht* leisten. Ersatz für echten Austausch, eine Diskussion mit Haut und Haar, Mimik und Gestik, zur Not sogar Körperkontakt. Und so ist es kein Wunder, dass der Pseudo-Austausch, sofern er überhaupt stattfindet außerhalb der gleichgeschalteten Standardpresse/TV, in einer unangemessenen (so finde ich) Härte und Wucht geschieht – eben ohne die Zwischentöne, die wir Menschen durch echtes physisches Beisammensein einander signalisieren können. Huju, dieses Wochenende habe ich den Nachdenklichkeits-Blues. Trotz aller Widrigkeiten bin ich froh morgen wieder arbeiten zu dürfen.

Tag 21

Startschuss in die letzte Woche Home Schooling vor den Ferien. Und danach? Keiner weiß es. Es ist seltsam ruhig geworden um die Regierung, außer gelegentlichen Ermahnungsparolen kommt einfach nichts mehr. Was, so schlimm es auch ist, dass das, was ist, jetzt erstmal Normalität ist, trotzdem gut tat: eine Woche ohne neue Einschläge.

Und das Home Schooling? Ein über WhatsUpp kursierender Spruch lautet: Home Office + Home Schooling = Home Nervenzusammenbruch. Trifft es ganz gut, finde ich. Obwohl ersteres nicht mal auf mich zutrifft. Aber ich mach das nur bis zu den Ferien, dann reicht`s und ich gebe meinen Job als Hilfslehrer wieder ab. Neben der dämlichen Drumrumorganisiererei nervt mich der allabendliche Zusammenstoß mit meinem jüngeren Kind angesichts der von mir korrigierten (was mich übrigens auch nervt, dass ich das tun muss!) Aufgaben. Ich frage mich, ob es sich in der Schule auch schreiend auf den Boden wirft aus Protest, dass der böse Pädagoge so viele Fehler gefunden hat. Irgendwie bezweifle ich es…. Es hat halt schon seinen Sinn, dass Lehrer und Eltern zwei unterschiedliche Personen sind.

Später am Tag erfahre ich, wieso es so ruhig geworden ist um good old Kermel: Die ist in Quarantäne! Und wieso? Achtung, jetzt wird's witzig. Die gute Frau hat sich als Vorbild der Nation leider genauso wie ein Großteil ihres Volkes in den letzten

Jahren offensichtlich wenig um die Impfempfehlungen des RKIs (ach? Die machen noch was anderes außer Rocona? Ist ja irre!) gekümmert, die ab dem 60.Lebensjahr eine Impfung gegen Pneumokokken (Erreger einer Lungenentzündung) für richtig halten. Da es jetzt aber grade Gebot der Stunde ist, auf die RobertKochler auf jeden Fall zu hören (weil sonst stecken wir uns ja alle an und sterben alle – Moment, waren das nicht nur maximal 5% der Infizierten?!) und die die Gunst des Gebots der Stunde genutzt haben, um ihre auf dem Dachboden vermottenden Empfehlungen nochmal hervorzuholen, ist die Impfung gegen Lungenentzündung jetzt grade voll hip. So hip übrigens, dass die Impfstoffe für Normalsterbliche längst alle alle sind. Na, egal, die Kermel hat auf jeden Fall jetzt mit 5 Jahren Verspätung beschlossen, voll Vorbild zu sein und sich impfen lassen, medienwirksam und alles. Dumm nur, hahaha, dass nachher rauskam, dass der Doc, der das gemacht hat, Rocona hatte. Ich lach mich tot! Na, jedenfalls ist sie jetzt für zwei Wochen in Quarantäne und die besorgte Nation betet natürlich, dass uns unsere aller Mutter, Führerin und Gallionsfigur in dieser schweren Zeit nicht ausgerechnet jetzt verlässt. Denn: Der smarte[7] Frosten mag ja als Vordenker taugen, aber so richtig Trost bekommen wir doch nur an Muttis Brust.

---

[7]smart [smaːɐ̯t] = Englisch eingedeutscht für: schlau, klug, intelligent, gescheit

Tag 22

Was wir hier gerade erleben, hat übrigens auch einen Namen, nein, sogar mehrere. Die beliebtesten sind Shutdown und Lockdown. Weil ich ja sonst nichts zu tun habe (in der Praxis ist es tatsächlich deutlich ruhiger geworden, Routineuntersuchungen sollen zum Schutze aller grad eh nicht gemacht werden, Krankschreibungen braucht von den vielen nach Hause geschickten auch keiner und auch der Rest, der uns vielleicht doch bräuchte, bleibt aus Angst vor Ansteckung zu Hause), mache ich mir über diese beiden Wörtchen Gedanken.

Shutdown klingt für mich nach niederschießen, also einem gewaltsamen Akt, im Lockdown steckt „to lock", also ab- bzw. zuschließen; und derjenige, der nach dem Absperren der Tür noch drinnen ist, ist dann eingesperrt. Das trifft das allgemeine, oder zumindest *mein* Gefühl irgendwie ziemlich gut. Und auch das Kermel-Frosten-Team erscheint vor meinem inneren Auge eher als das Super-Gouvernanten-Team mit großem Schlüssel zum Wegsperren der unartigen Kinder denn als die schießwütigen Sheriffs resp. Cowboys.

Heute vor der Post hätte ich übrigens auch jemanden erschießen können, so wütend war ich. Das war so: Da ich bald Geburtstag habe, sollte sich dort ein Paket für mich befinden, wie mir eine nette Karte im Briefkasten mitteilte, mit meinem Mann mache ich mich auf dem Weg zur Hauptpost in der Stadt. Soweit, so normal. Dort angekommen finden wir eine kleinere Menge Menschen vor, die in einer in etwa S-förmige Schlange angeordnet draußen wartet. Die Aussicht auf Warten reduziert meine Vorfreude auf das abzuholende Paket bereits beträchtlich, dennoch stellen auch wir uns brav an – bzw. tun offensichtlich gerade *das* nicht, weil sich nämlich ein bis dahin von mir unbemerkter schwarzgekleideter Security-Mensch dazu berufen fühlt, uns auf dem (meines Erachtens als öffentliches Grundstück frei betretbaren! Selbst zu Rocona-Zeiten noch!) Bürgersteig ein Plätzchen zuzuweisen. Meine nun schon sehr grummelige Frage nach der Sinnhaftigkeit (ich lerne es einfach nicht, dass schon die Stellung dieser Frage sinnlos ist in dieser Simulation!) wird mit irgend so einem Nonsens wie „so muss das sein" oder so beantwortet. Als wir dann schließlich bis zur Eingangstür vorgerückt sind und gebeten werden, dass doch bitte nur eine Person hineingehen möge (zugegebenermaßen in freundlichen Tone), sehe ich rot. Da ich meinem eigentlichen Impuls der körperlichen Aggression angesichts der Tatsache, dass da mittlerweile zwei Security-Typen stehen, schwer nachgehen kann, zische ich eingeschnappt ab und lasse meinen Mann die Sache (der Paketabholung) regeln. Während ich um die Ecke auf ihn warte, frage ich mich, wieso ich eigentlich so ein Problem mit Autoritäten habe, vielleicht frage ich mich aber auch vor allem, wieso nur ich es habe und sich der Rest der Wartenden mit zumindest äußerlicher Ruhe von zwei Prolls mit Hauptschulabschluss (ok, das war jetzt unterhalb der Gürtellinie – aber ziemlich sicher nichtsdestotrotz eine Tatsache!) sagen lassen, wo sie zu stehen haben.

Tag 23

Kleiner Nachtrag zu meinem Text von Tag 20: Gott sei Dank gibt es jetzt einen neuen Weg miteinander zu kommunizieren. Überall in diesem Lande werden in liebevoller Kleinarbeit Steine bemalt, beschrieben, verziert und dann (GANZ WICHTIG, wird in jedem Artikel erwähnt!!!) unter „Beachtung der Abstandsgebote" an andere bereits irgendwo von irgendwem hinterlegte angelegt. Beim Nachhauseweg kann man dann als kleine Belohnung die erbaulichen Kreativprodukte seiner Mitmenschen – oft mit entsprechenden Botschaften versehen – bewundern. Irre! Dass da bis jetzt noch niemand drauf gekommen ist! Tausende von Jahren Menschheitsgeschichte und da muss erst Rocona kommen, damit diese geniale ausgereifte Form der zwischenmenschlichen Kommunikation entwickelt wird.

Mal im Ernst: liebe Mitmenschen, merkt ihr eigentlich nicht, wie sehr Ihr Euch selber verarscht?

Tag 24

Mittlerweile sickert immer mehr durch, dass die Kliniken, deren Überlastung man ja vor drei Wochen so sehr befürchtet hat, dass man hier so gut wie alles an lebenswertem Leben heruntergefahren hat, leer sind und das Personal vielerorts däumchendrehend auf Patienten wartet. Dennoch werden, da „die Welle" (gab`s da nicht mal ein Buch/Film? Gings da nicht auch um Gleichschaltung?!) an kritischen Fällen ja noch erwartet wird (ihr Eintreffen wird wie das meines seit Tagen erwarteten „99 beautiful places in Europe[8]"-Puzzles immer wieder nach hinten verschoben), die Intensivkapazitäten weiter hochgefahren, für aberwitzige Mengen an Geld werden Beatmungsgeräte und dergleichen gefertigt. Apropos Geld, so ein bis zwei Hilfspakete hat die Regierung auch schon locker gemacht in den letzten Tagen, auch hierüber kursieren wie über das Virus selbst mehr Gerüchte als Tatsachen. Oder kann es wirklich stimmen, dass man in NRW als Selbständiger Hilfsgelder bis zu einer bestimmten Höhe ohne jeglichen Nachweis beantragen und dann auch bekommen kann? Habe ich von jemanden gehört, der jemanden kennt…. Auf ähnliche flüsterpostähnliche Weise erfolgt auch (neben den gängigen Medien, die dessen nicht müde werden) die Verbreitung der Angst: „ich

---

[8] 99 beautiful places in Europe = Englisch für: 99 wunderschöne Orte in Europa

habe einen Freund, der kennt jemanden in Italien, der hat erzählt.... [beliebiger Mittelteil: Unmengen Kranke, Beatmete, Leichen, etc.]. Also, das ist schon alles wirklich schlimm!" Nur, was der wirkliche Zusammenhang ist, wie etwas, was wir hier tun, in unserem Land (kleine Info am Rande, die ich mir neu erworben habe: Deutschland (ohne die, die jetzt zusätzlich geschaffen werden) hat um den Faktor 2,5mal mehr Intensivbetten als Italien!), denen dort helfen kann, das kann mir keiner erklären und ich fürchte, darum geht es auch gar nicht. Europäische Idee, ade!

Ein mehr häuslicher Aspekt, über den sich's aber auch aufs Trefflichste mit anderen Menschen, vor allem mit leidgeplagten Eltern austauschen lässt (natürlich nur fernmündlich oder –schriftlich), sind die wohl schon lange prinzipiell vorhandenen, jetzt aber über Nacht wie Pilze in unsere Mitte emporgesprossenen Möglichkeiten des „Video-Fernunterrichts". Skype und Zoom sind nur die bekanntesten, auch Moodle ist nun in aller Munde, ebenso wie live oder auch nicht-live Videos auf You Tube. Und so öffne ich, wenn ich von der Arbeit nach Hause komme, die Wohnzimmertür nur noch vorsichtig. Denn wenn mein Großer via Skype seine Saxophonstunde hat, höre ich das schon unten an der Haustür – leiser ist meine Kleine im blauen Tutu, wie sie mit gebannten Blick auf den Bildschirm und gespannten Griff am vor ihr stehenden Esstischstuhl inmitten unseres Wohnzimmers Ballettübungen im Zoom Call macht. Alles in allem klappt das ganze erstaunlich gut. Klar, ohne Papi als Freund und Helfer, der das Zeug vor Wochen installiert hat und vor und nach jeder Aktion an- und ausstellt, geht es nicht. Aber ansonsten läuft das alles so rund, dass ein Teil von mir befürchtet, dass so mancher Musik- oder Tanzpädagoge vielleicht nachher gar keine Lust mehr auf wirklichen Unterricht hat.

Tag 25

Fast ohne dass ich es gemerkt habe, ist es anders geworden draußen zu sein. Ich ermahne meine Kinder den (wenigen) uns entgegenkommenden Menschen auszuweichen; wann habe ich eigentlich damit angefangen? Nachdem mich bzw. die Kleinen die ersten vorwurfsvollen Blicke trafen oder erst nach dem ersten Anraunzer „schon mal was von Abstand halten gehört?"? Oder sogar schon vorher, als Reaktion auf die allgemeine Atmosphäre der Kontaktlosigkeit, auf die allgemeine Erwartung, dass man einander fernbleibe. Ach nein, es ist ja nicht nur eine Erwartung bzw. es ist doch eine, aber gewachsen aus einem *Gebot*, dem „Abstandsgebot". Wieder so ein Wort, dass vorher nie einer außerhalb der kirchlichen Predigerkanzel benutzt hat. Wenn ich so recht drüber nachdenke, finde ich es aber ganz passend, die kirchlichen 10 Gebote waren schließlich auch Anweisungen, die autokratisch undiskutiert von oben (da sogar im wahrsten Sinne des Wortes!) herabkamen – und ebenso wie die Corona-Gebote belegt mit Konsequenzen wahrhaft biblischen Ausmaßes bei Nichtbefolgen. So ganz bibelfest bin ich nicht, aber musste das Volk Mose nicht, weil sie zu kritisch waren, jahrelang in der Gegend rumlaufen, bis sie am Ziel waren. Jaja, seht her, das passiert, wenn man sich nicht an Gebote hält!

Noch kein Gebot, aber dennoch immer häufiger werdend ist die Maskierung. Da medizinische Masken knapp sind und, wenn dann überhaupt, nur zu Wucherpreisen zu haben sind, haben sich ganze Landfrauen-, Fußball- und Wohltätigkeitsvereine (natürlich hoffentlich jedes Mitglied für sich allein im Kämmerlein, oder?) dem Nähen von sogenannten Alltagsmasken, auch „Community masks" genannt, verschrieben. Die sind aus dickerem oder dünnerem Stoff, schwarz oder weiß oder auch mal mit Blümchen, Mickey-Mäusen etc.. Und was soll das alles? In der Tageszeitung meines mittlerweile stark eingebrochenen Vertrauens lese ich: „Das Tragen einer Maske signalisiert: ich kümmere mich und übernehme Verantwortung, indem ich mich und vor allem andere schütze" – aha!

Tag 26

Heute beim morgendlichen Joggen (das tun wir übrigens immer! Viele andere sind nun neu dabei mit ihren vermutlich „kurz vor Ladenschluss" vor 3 Wochen ebenso neu erworbenen noch glänzenden Laufschuhen. Wenn das nicht nur die ganzen heimatlosen Fitnessstudiobesucher, sondern tatsächlich ein paar neue Sportler sind, finde ich *diese* Folge der kollektiven Zwangslangeweile zur Abwechslung echt mal ganz gut!) unser neues Spiel (à la Asterix mit den Bärten...): maskierte Menschen zählen. Jeder gibt 5 Punkte. Da ich ein bisschen hinterherhechele, fällt nur mein Blick auf die Aussteigenden einer Straßenbahn: 15 Punkte auf einmal, Bingo, uneinholbar. Während des Laufes fallen uns noch weitere Regeln ein: Besonders eifrige Maskenträger mit FFP2-Masken erhalten 10 Punkte. Für jeden Regelbrecher (also Leute, die sich zu nah kommen oder zu dritt oder zu noch mehrt unterwegs sind), werden wieder 5 Punkte abgezogen. Conclusio: Je höher die Punktzahl, desto höher die Konformität unserer Gesellschaft.

Tag 27

Schreckensmeldung: Robis Sonjohn, der britische Premierminister, hat Rocona.

Nachdem ich vor ein paar Tagen über die Palettenmöbelbauer gelästert habe, ist es heute an der Zeit zuzugeben, dass auch ich mir meine ganz persönlichen Rocona- Übersprungshandlungen angewöhnt habe. Unter Übersprungshandlung versteht man übrigens „ein Verhalten, das unerwartet auftritt, nicht zu dem davor und danach gezeigten passt und in der Situation unangemessen und wenig hilfreich erscheint" – ja, das passt doch, oder wie helfen Palettenmöbel bei der Überwindung eines Virus oder seiner diversen Folgen? Aber ich lenke ab, ich wollte ja meine eigenen bekennen: Es sind da backen und puzzeln. Mit ersterer Obsession stehe ich offensichtlich nicht alleine da: Nach Mehl in der ersten Woche ist in den Läden nun die Hefe vergriffen. Gut, dass ich eh eher ohne diese backe. Es gab schon diverse Kuchen, Muffins und süße Stückchen, in den letzten 4 Wochen sicher mehr als das gesamte Jahr davor. Ich frage mich, wieso? Was gibt das Backen mir, was ich im Moment so nötig habe und nicht bekomme? Was ich nötig habe, was mir fehlt mit jeder Faser meines Lebens, ist meine Freiheit, meine Mündigkeit, mein vollkommener (gemessen an dem, wie`s vorher war) Handlungsspielraum. Gibt mir das Backen das zurück? Mmh, vielleicht tatsächlich zum Teil. Angenommen, ich bekomme alle Zutaten im Supermarkt, liegt es schließlich danach allein in meiner Hand, ob und wie mein Backwerk gelingt. Da grätscht mir keiner mit irgendwelchen Limitationen rein. Aber halt! - ist das Rezept (ich backe immer nach Rezept) nicht auch eine Regel? Und jetzt mache ich sogar extra etwas, wo ich mich an Regeln einer Art halten muss, wo ich doch gerade an den neuen Regeln (anderer Art) so verzweifele? Es muss wohl etwas mit der Art der Regel, dem Grad ihrer Sinnhaftigkeit, zu tun haben. Vielleicht ist ja genau *das* der Grund, warum backen mir derzeit so guttut: Weil ich hier sinnvolle Regeln erkenne, an die sich zu halten gut und richtig ist, weil etwas Leckeres herauskommt. Und die ich auch mal brechen kann, ohne das eine Katastrophe droht, mein Nachbar die Polizei anruft und ich unter den Generalverdacht ein Asilettenschwein zu sein gerate.

Und das Puzzeln? Mein Puzzle ist ein Mosaik aus 99 schönen Orten in Europa – hier fällt die Zuordnung, welche Sehnsucht hier zumindest in der Phantasie erfüllt wird, selbst dem beschränktesten Hobbypsychologen nicht schwer: Reisefreiheit, lasst mich hier raus, ich will Meer, ich will Meer!

Tag 28

Anknüpfend an gestern: Hatte ich schon von Schweden geschrieben? Während sich ganz Europa und noch viele Länder in anderen Teilen der Welt „heruntergefahren" haben, setzt Schweden auf die Eigenverantwortung seiner Bürger, spricht lediglich Empfehlungen zum zu Hause bleiben und Abstand halten aus. Klar, dass ich (wie so viele andere, vermute ich!) diesen Weg intensiv im Internet verfolge. Dabei scheint mir, dass das Foto eines Cafés in Stockholm, in dessen Bildunterschrift sich seit Wochen darüber entrüstet – der Neid versteckt in moralisierender Empörung! – wird, dass in Schweden die Cafés „immer noch" aufhaben, immer dasselbe ist. Komisch, hätten die nicht mal ein paar neue knipsen können, wenn da jeden Tag ganz normaler Cafébetrieb (seufz! Sehnsucht!) ist? Da wird mir klar: Nee, könnse ja nicht, da darf ja keiner hin in diesen Pfuhl des Bösen und der verantwortungslosen Keimschleudermaschinerie. Also, dann halt dasselbe Foto.

Sehnsucht weckt es trotzdem. Nicht nur auf die Normalität, das lebenswerte Leben, sondern vor allem darauf, wieder in einem Land zu leben, in dem es mir nicht einfach so passieren kann, dass meine Grundgesetze einkassiert werden. Vor dieser Simulation habe ich auch Deutschland für ein solches gehalten, jetzt nicht mehr. Das macht mir Angst und ermuntert in mir Auswanderungsphantasien. Als wir

beide, mein Mann und ich, uns aber im Detail überlegen, wie das aussehen könnte, wird schnell klar,
wie viel wir hier eigentlich aufgeben würden. Und
ich denke zurück, wie ich mich oft gefragt habe,
wieso so viele Juden so lange (viele leider, bis es zu
spät war) im Nazi-Deutschland geblieben sind, wieso
so viele Menschen in Dauerkrisenregionen wie dem
Gazastreifen bleiben, statt ihr Heil (und Leben!) in
der Flucht, in der Zukunft in einem anderen Land zu
suchen. Ich glaube, jetzt verstehe ich, warum. Die
Vorstellung alles Erarbeitete aufgeben zu müssen,
mit nichts und ohne die Landessprache zu kennen irgendwo neu anfangen zu müssen schreckt ab – und
führt wohl zu immer wieder neuer (falscher?!) Hoffnung, dass sich im Heimatland doch noch alles zum
Guten wenden werde.

Tag 29

Sonjohn sei auf Intensiv verlegt worden. Ein Freund (?!) meines Mannes, mit dem er über die Sinnhaftigkeit der Rocona-Maßnahmen in Disput steht, schickt ihm prompt ein „Siehst Du?" rüber – und ergibt sich damit in die Geschmacklosigkeit, die er uns, den kritisch Denkenden, unterstellt. Vor ein paar Tagen postete er schon die Bilder von den Steinen, die seine vier Kinder bemalt und irgendwo hingelegt haben.

Heute auf dem Rückweg von einer kleinen Verabredung (bitte nicht weitersagen!) fahre ich um 21:00 durch die Straßen meiner Stadt und staune über die Stille und Leere. Schon komisch, dass man die Abwesenheit von etwas so Unkonkretem, Unwichtigen, vielleicht früher auch eher Lästigem wie Lärm und Überfüllung so stark wahrnimmt – und nicht nur wahrnimmt, sondern das zuvor so Selbstverständliche und Ungeliebte nun auch noch vermisst.

Tag 30

Party! Also zumindest ein kleines bisschen. Heute habe ich Geburtstag, in der Simulation ebenso wie in echt, und kurz überlege ich, ob ich diesen deprimierenden partyfeindlichen Film hier verlassen soll, um im richtigen Leben zu feiern. Aber nachdem ich hier so lange durchgehalten habe, will ich auch diese Erfahrung machen. Mit einer Flasche Roconas-Wein (ja, gibt's, ebenso wie das Rocona-Bier, natürlich alles rein zufällig, weil`s schon vorher so geheißen hat. Unbelastet wird dieser Getränkename aber wohl nun nie mehr sein!) trinken wir uns Mut an, weil wir später eine Runde Karaoke singen wollen. Ein bisschen angeschickert haben wir viel Spaß an „Revolutionsliedern": „Breaking the law", „Beds are burning", „Freiheit". „It`s my life" von Bon Jovi habe ich schon vor 20 Jahren mitgegrölt. Und mit mir meine ganze Generation. Als ich (dank Karaokeanlage) mir zum ersten Mal so richtig bewusst über den Songtext werde, stockt mir der Atem, so aktuell und wie für diese Simulation geschrieben fühlt sich das an: „It`s my life. It`s now or never. I ain`t gonna live forever. I just wanna live while I`m alive."[9] Wo seid Ihr denn jetzt alle, die das alle mit mir mitgegrölt haben auf den zahllosen Studentenpartys damals in den 2000er-

---

[9] It's my life.... = Sinngemäß aus dem Englischen für: „Es ist mein Leben. Es gilt jetzt oder nie. Ich werde nicht ewig leben. Ich will nur leben, während ich lebe."

Jahren? Das war doch auch Euer Ideal, wieso sitze ich jetzt hier alleine an meinem Geburtstag und Ihr bleibt vor Angst zu Hause, statt Euer Leben zu leben und mit mir zu feiern? Ja, ich bin betrunken, ja, ich bin ungerecht. Aber Recht hab` ich trotzdem!

Tag 31

Wie alles im Leben, haben bekanntlich auch feuchtfröhliche Feiern ihren Preis. Selbst, wenn sie nur zu zweit bzw. viert zelebriert werden. Bzw., so versucht mein vernebeltes Hirn mir mit ein bisschen Pseudo-Logik meinen Kater schmackhafter und plausibler zu machen, ist ja klar, dass die Menge Alkohol, die pro Kopf bzw. Kehle fließt, bei Partys mit einer geringeren Personenanzahl höher ist. Ich scheine mich da übrigens, was den erhöhten Konsum von nieder- und hochprozentigem angeht, in guter Gesellschaft zu befinden. In den letzten Wochen wurden in Deutschland mindestens ein Drittel mehr alkoholhaltige Getränke gekauft als zuvor. Mensch, das kann doch nicht gesund sein! Ist es natürlich auch nicht, das Ärzteblatt schreibt in seinen „Informationen für die Allgemeinbevölkerung": „Vermeiden Sie den Konsum von Tabak, Alkohol oder anderen Drogen als Strategie zur Emotionsregulierung". Tja, zu spät. Außerdem fühle ich mich auch nur bedingt angesprochen, gehöre ich doch eher nicht zur „Allgemeinbevölkerung", sondern zu den Wegweisern, die dem Weg selber nicht folgen müssen. Diesen Spruch brachte vor vielen Jahren mal ein Kommilitone, auch damals ging es (Überraschung!) um Alkohol.

Heute werde ich hier wohl bzgl. Rocona nichts erleben und wills auch nicht. Lasst mich doch einfach in Ruhe sterben. Hupps, war jetzt wohl politisch unkorrekt. Sorry und bis morgen.

Tag 32

Osterwanderung in der Natur.

Vorher ging mal wieder das Gewühle los: Wo ist denn mein Ausweis, hast Du ihn, oder steckt er in irgendeiner Seitentasche meines Portemonnaies? Oder hattest Du ihn mir daneben schon wieder zurückgelegt? Das ist nämlich auch so eine Sache: Seitdem hier wieder die unbedingte Mitführpflicht eines Ausweises gilt, damit die Rocona-Polizei auch im Zweifel feststellen kann, ob man wirklich zu einem Haushalt gehört (ja, sogar beim Joggen! Aber da haben wir uns bislang einfach nicht dran gehalten!), suche ich meinen ständig. Da meine Hosentaschen, wenn überhaupt vorhanden, zu schmal für meine dicke Geldbörse sind, gebe ich meinen Ausweis als regelkonforme Bürgerin beim gemeinsamen Verlassen des Hauses gelegentlich meinem Mann, der sein nicht minder umfangreiches Portemonnaie erstaunlicherweise immer irgendwo unterbekommt. Auf ebenso mirakulöser Weise verschwindet bei den Transfervorgängen aber immer mein Perso in irgendeiner Ritze – dessen fast tägliche Suche bildet einen weiteren Beitrag zum Thema „Verzweifelte Lösungsversuche von Problemen, die in jüngster Zeit geschaffen wurden und die man vorher gar nicht hatte".

Während unserer Wandertour jedenfalls gibt's kaum (eigentlich gar keine) Maskierte, manchmal treffen wir sogar eine kleinere Gruppe. Wir sind irgendwie alle auf demselben Genießerpfad unterwegs und sehen uns durchs unterschiedliche Gehtempo und unterschiedliche Pausenfrequenz und –längen zum Teil mehrfach. Am Ende der Wanderung fühlt es sich fast an, als hätten wir viele neue Bekannte. Und alle scheinen sie entspannt, erst in der Ortseinfahrt unserer Stadt treffen wir wieder auf die ersten Maskenträger und Abstandhalter. Ich sinniere, woran das liegen mag. Als „Dorfflüchtling" hätte ich, wenn mich jemand vor einer Pandemie befragt hätte, wer sich mehr anstellt damit, ganz klar fürs Land gevotet[10] – wegen der allgemeinen Spießigkeit und so. Und weil die Städter einfach cooler sind und sich ihr Partymachen nicht nehmen lassen. Tja, falsch getippt! Lassen sie wohl, ziehen sich in ihre Stadtmauselöcher zurück und haben Angst. Ist es die Dichte, die die Angst erhöht? Der Grad des Neurotizismus? Schützt eine gewisse „treublöde Bodenständigkeit" womöglich vor Angst und Panik?

---

[10] gevotet = Anglizismus von to vote [vəʊt] für: abstimmen, wählen

Tag 33

Sonjohn ist aus der Klinik entlassen. Hurra! Und hat nichts Besseres zu tun, als seine Erlebnisse dort wort- und emotionsreich der interessierten Öffentlichkeit und der, die sich nicht wehren kann (ein anderes Programm als „Rocona, Folge 1-100" läuft leider derzeit nicht) zu schildern. Sein Leben verdanke er einer neuseeländischen Krankenschwester – was auch immer diese Nationalitätsinformation uns sagen soll. Und das (also sein Leben) sei so kritisch bedroht gewesen, dass im Krankenhaus schon Notfallpläne existiert hätten, wie man der Öffentlichkeit sein Ableben mitteilen solle. Wow, ich bin kurz beeindruckt, da hätte es ja nach all diesen lahmen Tagen doch mal fast einen nicht uralten Prominenten erwischt. Beim nächsten Satz stocke ich allerdings: „Die Zeit in der Klinik vertrieb sich Sonjohn mit dem Anschauen von Filmen wie „Kevin allein zu Haus" und „Herr der Ringe". Uhuihui, der muss ja schlimm krank gewesen sein! Ich lese den Artikel noch einmal gründlich auf der Suche nach Indikatoren für einen wirklich schlimmen Verlauf (Stichwort Beatmung) – und finde keine. Wie so oft derzeit fühle ich mich einfach nur verarscht.

Andere Gefühle in mir löst ein WhatsUpp-Video aus, das mein Mann von einem alten Schulfreund erhält. Das hat dieser selbst gedreht und es zeigt ihn selbst, eine Flasche Korn und ein Schnapsglas. Nacheinander schüttet er sich nach, spricht den räumlich abwesenden Empfängern des Videos (alte Freunde, die er derzeit nicht sehen kann) der Reihe nach eine kleine Rede, prostet ihnen zu und kippt sich den Fusel hinter die Binde. Das ist irgendwie urkomisch, aber auch unglaublich traurig.

Tag 34

Unsere Freunde sind zurück! Statt der langweiligen „Bleibt zu Hause"-Propaganda ist in ihrem WhatsUpp-Status heute ein Spruch über die Freiheit. Ich bin verdutzt, ein etwas plötzlicher Gesinnungswandel, aber uns hochwillkommen. Wir schreiben eine Nachricht: Vielleicht kann man sich mal treffen?

Ansonsten wollen wir heute beim Rückweg von einem Ausflug ein Eis („auf der Hand") essen. Wie groß die Freude, dass die Eisdiele an der Ecke Rausverkauf hat! Wie groß die Enttäuschung, dass das „To go – Angebot" sich nur über Kaffeespezialitäten, nicht aber über Eis erstreckt! Es wäre möglich gewesen, telefonisch eine Portion Eis vorzubestellen und diese dann (selbstverständlich tipptopp hygienisch abgepackt) abzuholen, erfahren wir. Aha! Wir überlegen kurz um die Ecke zu gehen und per Handy eben dies zu tun, entdecken dann aber den EDEKA gegenüber. Wie groß das Befremden, dass es hier kein Problem ist, einzelne Eishörnchen aus der Tiefkühltruhe zu erwerben und sie draußen auf der Straße zu verzehren! Während ich das tue, stehen mein unabschaltbares Hirn und mein lästerlicher Sinn nicht still: Ich verstehe das einfach nicht! Selbst wenn man nun davon ausgeht, dass Eis essen irgendwie gefährlicher ist als Kaffee zu trinken – wieso ist das Eis gegenüber dann weniger gefährlich?

Tag 35

Halbzeit! Besuch bei anderen Freunden (beide Ärzte). Wir sitzen im Baumhaus, die Kinder spielen unten im Bach, friedlich ist es und sonnig, wie seit Wochen. Man könnte meinen, alles sei normal. Natürlich reden wir aber doch über DAS Thema Nr. 1, aber ruhiger, sachlicher, anders. Ich merke, wie gut mir das tut, wie sehr Rocona auch bei mir, bei uns in den letzten Tagen polarisiert und gespalten hat. Und das, obwohl ich keinen kenne, der jemanden (persönlich) kennt, der es hatte, geschweige denn daran gestorben ist. Trotzdem hat dieses Virus nicht nur unseren Alltag, sondern auch unsere Gedanken- und Gefühlswelt fest im Griff.

Unsere Freunde hatten viele gute Gedanken und innere nicht zu beantwortende Fragen. Wie merkwürdig es ist, dass, obwohl viele in gesundem Zustand ein Erhalten dieses „um jeden Preis" ablehnen, dann, im Moment der kritischen Erkrankung, des drohenden Todes (von sich selber oder seiner Lieben) sich doch oft mit aller Kraft ans Leben geklammert wird und nach maximalen zuvor abgelehnten Maßnahmen zu dessen Erhaltung geschrien wird. Und wie es uns technokratischen aufgeklärten omnipotenten Menschen schwer fällt zu verstehen, dass der Tod eben nicht beherrsch- und vermeidbar ist – nicht mit allen Mitteln und für alles Geld dieser Welt. Es wird still bei uns vier Erwachsenen im Baumhaus. Wir vier wussten das eigentlich alle, gehören wohl auch deshalb nicht zu der ängstlichen Fraktion dieser Tage (wieder so eine Formulierung, die jeder gebraucht!) und sitzen auch deshalb hier zusammen statt jeder für sich zu Hause. Aber es ausgesprochen zu hören und zwischen uns stehen zu lassen, den Tod sozusagen damit in unsere Mitte geholt zu haben, wird auch uns schwer. Auch wir lenken uns lieber ab und klettern runter zu den Kindern. Auf dem Heimweg verfolge ich aber den Gedanken weiter: Wieviel Tod im Leben verkraften wir Menschen überhaupt, ab wann sind die Bilder und Berichte der italienischen Leichen nicht nur reißerisch, sondern echt gesundheitsschädlich. Und gibt's eigentlich jemanden, der die limitiert oder muss das jeder für sich tun.

Tag 36

Pressekonferenz der Regierung. Das neue Entscheidungsgremium dieser Tage (da war sie wieder, die unausweichliche Formulierung – wer es schafft einen Tag ohne, bekommt ein Eis. Ach nee, geht ja nicht) ist die sogenannte „Runde der Ministerpräsidenten", mit denen Kermel (leider aus der Quarantäne zurück) sich per Videokonferenz berät, ob good old Frosten auch dazu geschaltet ist, ist nicht so ganz klar. Sowieso habe ich den Verdacht, dass diese „Beratung" eher nach den bekannten Prinzipien der autoritären Erziehung abläuft: Kermel sagt was, der Rest nickt. Auf jeden Fall (man ahnt es schon nach dieser Vorrede): Das war ein Satz mit großem X! Schule gibt's auch weiterhin erstmal nicht, ebenso wenig wie Essen oder schwimmen gehen. Stattdessen: Nochmal mindestens zwei Wochen Kontaktverbot drangehängt - sagt mal, wurden die Zahlen, die anfänglich mal als zu erreichende Messlatte für ein Ende des Ausnahmezustandes herausgegeben wurden, nicht längst erreicht? Das war selbstverständlich eine rhetorische Frage, natürlich haben sich sowohl die Verdopplungszeit (also die Zeit, innerhalb derer sich die Zahl der Infizierten verdoppelt) als auch die dann später hinzugekommene R_0-oder Replikationszahl, die besagt, wie viele weitere Menschen ein Infizierter ansteckt, längst deutlich ober- bzw. unterhalb des anvisierten Bereichs begeben.

Hey, und deshalb gibt's ja jetzt auch Zückerchen, Brot und Spiele für das Volk! Nämlich eine Öffnungserlaubnis auch für nicht überlebensnotwendige Geschäfte unter 800 qm (unter Einhaltung der Abstandsregeln – dieser Tage gilt vor allem auch die Regel des vorher tief Luft Holens, wenn man den genauen Wortlaut der Regeln in einem Rutsch aussprechen möchte!) und – Trommelwirbel – für den Eisverkauf. Geil! Dann ist die Wirtschaft ja jetzt gerettet und vor allem auch unser nächster Ausflug.

Tag 37

Mein neuester Leserbrief, nachdem der letzte nicht erschienen ist, aber ich gebe ja nicht auf:

„How dare you?" – Weckruf an die deutschen Bürger

Spätestens jetzt sollte auch dem letzten deutschen Bürger klar werden, in welchem Maße wir gerade von der Dreieinigkeit der „führenden Virologen", unserer lieben Politiker und der den ersten beiden hörigen Presse veräppelt werden! Hieß es bis Ostern noch wochenlang mantraartig, alle müssten jetzt brav durchhalten und sich an die Regeln halten, damit dieser vorübergehende Zustand bald enden könne und man „das Virus in den Griff bekäme", ist nun – Überraschung, Überraschung! – von einer längeren Zeit (mindestens Monate) die Rede, in der man sich auf Einschränkungen einstellen müsste. Diese Prophezeiungen fanden sich schon seit Wochen in den wissenschaftlichen Publikationen beispielsweise der deutschen Gesellschaft für Epidemiologie; gleich Eltern, die ihren unmündigen Kindern die unangenehmen Wahrheiten nur schrittweise eröffnen, sorgten aber o.a. „Führungskräfte" in den letzten Wochen dafür, dass diese Publikationen nie an die breite Öffentlichkeit gelangten. Ebenso wenig übrigens wie die Stellungnahmen der Leopoldina - eine erste kritische war bereits in der dritten Märzwoche verfügbar!

Liebe Mitbürger, wollt Ihr Euch wirklich weiter wie unmündige Kinder behandeln lassen?

Oder möchtet Ihr bitte, bitte wieder anfangen selber nachzudenken?!

Dann könnte Euch vielleicht auffallen, dass niemand, aber auch wirklich gar keiner garantieren kann, dass die Gleichung „mehr Intensivbetten=mehr gerettete Menschenleben" aufgeht. Vielleicht könntet Ihr dann auch Menschen wie dem Bamhurger Gerichtsmediziner Prof. Rüschel zuhören und den Gedanken nachvollziehen, dass auch die Gleichung „MIT Rocona gestorbene Menschen=AN/WEGEN Rocona gestorbene Menschen" nicht stimmt.

Ein Fakt, der stimmt, aber nirgendwo erwähnt wird, ist allerdings, dass sowohl die Zahl der Erkrankten als auch die der Verstorbenen (die das RKI so liebevoll mit bunten Balken täglich aktualisiert) stark abhängig von der Auswahl der Getesteten ist. Da sich diese Auswahl aber nach dem Vorgaben des RKI in den letzten Wochen mehrfach veränderte (seit etwa 2 Wochen werden beispielsweise Angehörige des Gesundheitswesen und Heimbewohner mit grippalen Symptomen jeglicher Schwere, sowie im Übrigen auch alle verstorbenen Heimbewohner abgestrichen, zuvor sollte eine solche Diagnostik nur bei Menschen mit gesicherten Rovid-19-Kontakt erfolgen), KÖNNEN diese Zahlen, die gebetsmühlenartig für alle weitreichenden Entscheidungen dieser Tage herangezogen werden, gar nicht aussagekräftig sein.

Wer bis hierhin mitgedacht hat, mag sich nun die Frage stellen, ob es, wenn schon die Basis der Entscheidung für die sogenannten Maßnahmen derart unvalide war, wenigstens eine Evidenz für die Wirksamkeit der Maßnahmen an sich gibt. Auch hier lautet die Antwort klar und schlicht nein. Selbst wenn wir uns darauf einlassen und so tun, als könnten wir uns auf die vielen Zahlen der verschiedenen Länder verlassen, so sucht man vergeblich nach einer Korrelation von „Härte" der Maßnahmen und „Ergebnis". Im Gegenteil: Auch in Schweden zeigt sich ein Abflachen der Kurve!

Und das betraf nun auch alles nur den kurzfristigen Verlauf! Auch ohne Mathematik studiert zu haben, kann sich jede/r von uns ausrechnen (wenn er/sie nur will!), dass es mit der momentan erreichten Virus-Reproduktionszahl von ca. $R_0=1$ (d.h. jede/r Erkrankte steckt einen weiteren Menschen an) viele Monate dauern wird, bis die 70% der Bevölkerung infiziert waren, die es nach Meinung o.a. Experten braucht, um eine Herdenimmunität zu erreichen.

Wollen wir uns so lange einsperren lassen? Wollen wir über Monate unsere Mimik auf die Augenpartie beschränken? Wollen wir, dass anstelle unserer geliebten zwischenmenschlichen Kultur (Gastronomie, Theater, Zusammensein, etc., etc.) das momentan erblühende gegenseitige Misstrauen tritt – allenfalls unterbrochen von 5-minütiger gemeinsamer abendlicher Balkon-Klatscherei? Wollen wir den Preis vieler ruinierter Existenzen, abgehängter Schulkinder aus bildungsferneren Familien, häuslicher Gewalt, Anstieg von Depressions- und Angsterkrankungen, tiefer Rezession und Verlust unserer Mündigkeit wirklich zahlen – für eine, ich rufe es noch einmal ins Gedächtnis, unklare Zahl eventuell geretteter Menschenleben vor einer Erkrankung, die für einen Großteil von uns allen harmlos verläuft?

Tag 38

Heute mal was Lustiges: Wir waren bei unseren (ideologisch zu uns zurückgekehrten) Freunden und konnten uns zusammen aufregen, untereinander austauschen, vor allem aber auch Spaß haben. Meine Arbeitskollegin hat mir ein Kartenspiel geschenkt: „Virus und co – die kleinen Gemeinen" – so was von im Zeichen der Zeit, aber aus dem Jahr 2002! Es geht darum, möglichst nicht zu viele Virenkarten zu sammeln bzw. sie mit Tablettenchips auszugleichen. Der einleitende Text in der Spielanleitung lautet so: „Mein Name ist Virulinchen und ich führe euch durch diese Spielregel. Ich hoffe, ihr seid alle noch hübsch gesund – oder…!?! Echt super, dass ihr dieses Schächtelchen geöffnet habt, denn jetzt kann ich euch ein paar meiner Kumpels vorstellen. Ein paar von uns bevorzugen kurze Ansteckungswege und wandern nur von Nachbar zu Nachbar, wie mein Freund Herpi und die süße Molli Mumps. Es gibt aber auch echte Weltreisende unter uns, die kreuz und quer auf alles hüpfen, was da kreucht und fleucht. Sie sehen alle gleich aus, sind aber unterschiedlich hartnäckig. Leider gibt es auf dieser Welt auch gemeine Sachen. Besonders schlimm sind Tabletten, die uns ständig in die Flucht schlagen wollen. Sowas Böses! Noch schrecklicher sind aber diese Spritzen, die unsere zarten Abwehrkräfte schwächen…eure aber auch! Oder glaubt ihr etwa, dass so eine Überdosis an Medikamenten gesund ist? Und wer will schon seine Gesundheit aufs Spiel setzen, nicht wahr?" – Herrlich! Und genauso lustig ist das Spiel dann auch, wir schieben einander die Viren und Tabletten zu, mein Liebster ist zwischendurch mal Doktor und muss gesiezt werden (ansonsten heißt`s Pillen abgeben) und am Ende hat der Verseuchteste verloren. Die Sonne lacht und hier auf dem Land bei unseren Freunden fühlt sich alles ein bisschen normaler an.

Tag 39

Eis in Zeiten von Rocona, Teil 2. Das Eis darf ja jetzt wieder auf die Hand und ohne Vorbestellung verkauft werden.

Kleiner Einschub: Während ich diesen Satz schreibe, überfällt mich wie so oft in dieser Simulation ein Gefühl des Surrealismus: Schreibe und meine ich das gerade wirklich? Was ist das für eine Welt, in der man es zelebriert, wenn so etwas Selbstverständliches wieder erlaubt ist? Eine Welt, die auf verschobener Annahmen extrem eingestellter Programmierer entworfen wurde? Oder wirklich eine Welt, wie sie wäre in der Pandemie, die infektionsmäßig zumindest hierzulande so wenig spürbar ist? Denn das verspricht ja der Verkäufer dieser Simulationen: „Durch akribische Recherchen und exakte Hochrechnungen höchst realistische Szenarien" – wirklich? Einschub Ende.

Das Eis. Um den an sich ja (wie ich finde, vielleicht bin ich auch naiv) simplen Vorgang des Eisverkaufs zu bürokratisieren, äh, sorry, sicherer zu machen, gibt es auch hierfür ein Regularium. Hier steht in schönsten Amtsdeutsch beschrieben, dass man sich nach Erhalt seiner Kaltspeise unverzüglich vom Ort des Kaufes fortbewegen solle. Der Verzehr sei erst in einer Entfernung von mindestens 50 (in Worten: FÜNFZIG!) Metern erlaubt, natürlich sei die Bildung von Menschentrauben verboten. Zum Verhindern des Herabtropfens (und jetzt kommt`s!) sei lediglich ein einmaliges Notlecken erlaubt. Notlecken?! Ich denke an vieles, nichts davon hat mit Eis zu tun, alles mit sonstigen Schweinereien. Wir (das musste ich direkt mal weiterverbreiten, diesen Schwachsinn, zum gemeinsam amüsieren) fragen uns, welcher Beamte so was ernsthaft formulieren und herausgeben kann – ohne in gleiche Kicheranfälle wie wir zu verfallen? Oder ist das extra, damit wir alle mal wieder was zu lachen haben?

Die Lähmung der ersten Zeit habe ich auf jeden Fall (dank unserer Freunde? Dank des Schreibens? Dank der Sonne?) abgeschüttelt. Dafür ist da aber jetzt ziemlich viel Wut in mir. Wie gut, dass wir am Wochenende demonstrieren gehen können, das Versammlungs- und Demonstrationsverbot wurde gekippt bzw. war wohl von Anfang an so nicht zulässig. Haben wir natürlich im Internet erfahren, nicht in der Zeitung.

Tag 40

Demonstrationstag.

Den ganzen Vormittag basteln wir Plakate. Für die Kinder ist das eine willkommene Gaudi, großzügig stellen sie ihre Filz-und Buntstifte auch uns zur Verfügung. Unsere Sprüche sind: „Angst frisst die Seele", den hat meine Tochter sich weder selbst ausgedacht noch irgendwo aus dem Netz gezogen. Vor ein paar Tagen traf sie draußen auf einen wohnungslosen Menschen mit ebenjener ideologischen Botschaft, die er lauthals jedem zurief, den er erwischen konnte. So auch meiner Tochter und meinem Mann. Weiterhin „Freiheit ist die einzige, die fehlt" – nach dem Lied von Westernhagen, mein Großer. Mein Mann: „Sich fügen heißt lügen" – leichter Aggro-Touch, finde ich. Ich habe mich für zwei unterschiedliche entschieden „Keine Maßnahmen ohne Evidenz" und „NICHTS ist alternativlos". Mmh, vielleicht ein bisschen zu intellektuell für den Mainstream, aber so bin ich halt. Nach dem Malen folgt die Zimmerei, an Besenstielen, Stöcken und dem Plastikstab vom Feudel stecken unsere Plakate schließlich.

Die Sonne scheint, was auch sonst. Unsere Freunde kommen uns abholen. Bekanntermaßen dürfen wir offiziell nicht zusammen unterwegs sein, trotzdem tut die Verstärkung (in 1,5 m Abstand und ohne Schilder) gut. Mit den Schildern durch die Stadt zu laufen ist hart, ich fühle mich nackig, entblößt. Daneben ist aber auch genug Wut und Überzeugung, um den gaffenden Menschen trotzig in die Augen zu blicken. Und, oh Wunder, es gibt gelegentlichen zaghaften Zuspruch.

Wir gehen zu einem großen Platz in der Stadt, dort soll die „Demo des Solidaritätsnetzes gegen die Einschränkung unserer Freiheitsrechte" stattfinden. Der Platz ist bereits relativ voll, was auch daran liegt, dass die Leute sich brav in auf dem Boden eingezeichnete Planquadrate (mit mindestens 2 m Abstand!) eingeordnet haben. Während die Organisatoren vorne noch mit der Lautsprechertechnik kämpfen, geht eine Frau mit lappenähnlichen Stoffstücken und Gummibändern rum – das Zeug soll man sich als Mundschutz umbinden, da das Auflage der Stadt sei. Wir ziehen lieber unsere Buffs hoch.

Das Solidaritätsnetz stellt sich als Zusammenschluss aus Internationale Jugend, irgendeiner Frauengruppe und irgendeiner "Asyl für Alle"-Gruppe heraus. Vom Rednerpult wird (zumeist von gefühlt minderjährigen engagierten Menschen) alles von "Refugees are welcome"[11] über "völlige Mietfreiheit jetzt" und "Nieder mit dem Kapitalismus" gefordert. Immer wieder heißt es „wir ArbeiterInnen" und ich kann mir den spöttischen Gedanken, dass ich den leicht verpickelten Knaben dort vorne in 5-10 Jahren vielleicht als BWLer, Politologe oder auch als Jurist

---

[11] Refugees are welcome = Englisch für: Flüchtlinge sind willkommen

sehe – aber ganz sicher nicht als Arbeiter! - nicht
verkneifen. Ich bin etwas enttäuscht, denn auch
wenn ich persönlich vielen der Forderungen zustim-
men kann, halte ich sie doch nicht für tauglich eine
größere Menge zu einen. Und wir sind auch eigentlich heute nicht hier, um das Proletariat von der
Herrschaft des Kapitals zu befreien…. Dennoch
scheinen selbst diese Inhalte den Radikaleren im (bis
dahin brav mit 2 m Abstand stehendem) Publikum
nicht gewaltbereit genug zu sein, es kommt zu Ge-
schreie und zur Eskalation zwischen ein paar
Schwarzkaputzten - wir und wohl auch alle anderen
Gemäßigten verlassen den Schauplatz.

Zum Glück haben wir noch von einer zweiten Ver-
anstaltung gehört: Am Rathausplatz haben die "Be-
wahrer der Freiheit" über per WhatsUpp geteilte
Flyer zur Demo aufgerufen. Hier stehen die Leute
dem kleineren Platz geschuldet etwas dichter und
die Sprecher haben kein Mikro (schlecht!). Kurzerhand wird ein Lampenschirm zum Megaphon um-
funktioniert. Tatsächlich ist dies eine Demo "mehr
nach unserem Geschmack", der sich auch Passanten
spontan anschließen. Riesenapplaus gibt es, als ein
paar Leute mit großen schwedischen Flaggen kommen. Hier geht es tatsächlich explizit um die
Rocona-Gesetze und all die Einschränkungen des
Grundgesetzes durch sie, das Klientel scheinen eher
die "linken Intellektuellen" dieser Stadt zu sein. Zum
Schluss erfahren wir: Diese „Mahnwache fürs
Grundgesetz" wird es nächste Woche wieder geben,

wie jeden Samstag, bis die Notstandsgesetze wieder aufgehoben sein werden.

Tag 41

Heute habe ich wieder mit Menschen gesprochen, die sich jetzt 6 Wochen nicht mit Bekannten getroffen haben. Wieder: Fassungslosigkeit. Fassungslosigkeit darüber, dass ein Volk, nein, viele Völker, das Ding läuft ja weltweit, also soweit wir sicher wissen, zumindest in Europa und USA, also, dass viele Völker, die bislang in freiheitlicher Demokratie gelebt haben, völlig widerspruchslos einen Haufen Vorschriften, Einschränkungen, Zumutungen einfach so hinnehmen. Einfach so, als sei auch in unserem Land Unfreiheit und Unmündigkeit schon immer Usus gewesen. Und die Antwort auf die Frage nach dem WARUM will sich einfach nicht einstellen. Ich habe sehr viel über Angst und ihre Psychologie erfahren und gelesen in den letzten 40 Tagen. Ich weiß, dass die Emotion hirnphysiologisch einfach schneller ist als der Verstand und das evolutionär beim Auftauchen des Säbelzahntigers im Steinzeitwald durchaus auch Sinn gemacht hat. Aber wenn der Säbelzahntiger ausbleibt, sich in einen Käfig einsperren lässt oder als Streichelkätzchen entpuppt? Ist es dann wirklich noch die Angst, die uns marionettengleich auch den unsinnigsten Regeln gehorchen lässt? Was ist es, wenn es nicht die Angst ist? Bequemlichkeit vielleicht – zum einen diejenige, jetzt schon eingefahrene Muster (dann mache ich halt keine Ausflüge, das Sofa ist eh gemütlicher als meine Wanderschuhe...) zu verlassen, zum anderen diejenige sich eigene Gedanken zu machen und eine eigene Meinung zu bilden? Ich denke an meine nach wie vor nicht erschienenen Leserbriefe. Vielleicht habe ich meine Mitmenschen überschätzt in meinem Zutrauen, dass sie sich eine eigene Meinung bilden möchten und können. Vielleicht sind viele froh, wenn sie das anderen, vermeintlich Schlaueren überlassen können. Aber wenn ich das so schreibe, weil ich es so glaube – was für ein Menschenbild habe ich da auf einmal, und wie kann ich weiter zwischen meinen Mitmenschen leben in der nun durch diese Erfahrung erworbenen Gewissheit, dass ein zweites Nazi-Deutschland nicht nur hochwahrscheinlich, sondern nur eine Frage der Zeit ist? Das Erfolgsrezept hierfür habe ich ja nun erfahren: Beginnend einmal kräftig auf der Klaviatur der Angst gespielt – und danach nur auf die Bequemlichkeit der Masse verlassen.

Ich schüttele diese düsteren Gedanken ab und erinnere mich daran, dass dies hier ja nur eine Simulation ist. Klar ist die anhand bekannter Daten hochgerechnet und erstellt worden – aber SO würde es ja in Wirklichkeit niemals laufen, oder?

Tag 42

Über die vielen neuen bzw.in nie gekannter Häufigkeit genutzten Worte und Phrasen habe ich ja schon einiges geschrieben. Neben „dieser Tage", „RKI", „Star-Virologe" und „Social distancing" (so heißt die Kontaktsperre für alle Hippen unter uns, ey, yo, brother!) gibt es aber auch noch die Worte mit direktem Rocona-Wortstamm. Zu Beginn gab es die Rocona-Partys als Bezeichnung nicht etwa, wie es das Wort ja vermuten lässt, für eine Party, wo ein oder mehrere Infizierte andere extra anstecken (analog den Masern-Partys). Nein, mit den Rocona-Partys sind einfach nur Zusammenkünfte von mehr als zwei Menschen in feiernder (schändlicher!) Absicht zur Zeiten der Kontaktsperre gemeint. Ein Schelm, wer der neutralen Presse durch die Auswahl dieser Begrifflichkeit Voreingenommenheit vorwirft! Roconials sind die Jugendlichen, die in dieser Zeit groß werden und die Rovidioten Menschen wie ich, die sich, wenn möglich, nicht an die ach so sinnvollen Regeln halten. Knuffig hingegen ist die Rocona-Frisur, was zweierlei bedeuten kann: entweder die völlig unfrisierten und ungeschnittenen Haare eines armen Menschen, der auf Grund der Schließung der Friseure eben keinen solchen mehr aufsuchen konnte (die sollen übrigens ggf. vielleicht bald wieder aufmachen dürfen). Oder eine Frisur, die (wohl mit viel Haarspray und ebenso viel Farbe!) aus dem Haarschopf das Roconavirus nachmodelliert. So jemanden habe ich tatsächlich hier auf der Straße noch nicht gesehen, leider nur im Internet!

Heute nutzen die Kinder und ich das schöne Wetter, die wiedereröffneten Geschäfte und die zwar irgendwie drohende aber eben noch nicht implementierte Maskenpflicht für ein paar Besorgungen in der Stadt und erleben eine ruhige entspannte Atmosphäre. Wie wohltuend nach den vielen schlechten Trips beim Lebensmitteleinkaufen oder bei der Post. Außer den notorischen „Bitte Abstand halten"- Schildern erfahren wir weder in der Apotheke noch beim Eiskaufen oder im Schuhladen irgendeine Gängelung. In letzteren wagen wir uns nach der 8-Punkte-Ermahnung am Eingang nur zögerlich zu dritt rein, war doch einer der 8 Punkte die dringende Empfehlung das Geschäft nur einzeln zu betreten. Freundlich werden wir jedoch in den fast leeren Schuhtempel hineingebeten und können ungehindert shoppen, hurra!

Tag 43

Ich sitze auf meinem Balkon und sehe auf der Straße die Maskierten vorbeilaufen. Insgeheim habe ich sie in zwei Kategorien eingeteilt: Die einen, ich nenne sie die Ängstlichen, sind vorzugsweise mit dem medizinischen Mund-Nasen-Schutz, ein eigentlich zur Einmalbenutzung gedachter Artikel, den es zu Wucherpreisen von 2 Euro das Stück in den Apotheken zu kaufen gibt, oder aber (die noch Wohlhabenderen) tatsächlich mit einer FFP-Maske unterwegs. Sie huschen mit gesenktem Blick vorbei. Immer wieder heben sie diesen für einen nur flüchtigen, aber möglichst weit fassenden Rundumblick. Dieser dient dazu, potentielle „Zu nah zu Kommer" rechtzeitig zu identifizieren und jenen – die Mutigeren trauen sich dabei noch ein gedämpftes Naserümpfen o.ä. von sich zu geben – weiträumig aus dem Weg zu springen. Wie anders doch Gruppe Nummer 2! Mit hocherhobenen Kopf tragen sie die Maske (oft Marke selbstgenäht, mit Liebe zum Detail aus Omas altem Schlüpfer oder so) wie eine Trophäe; Habitus, Gestik und der herausfordernde Blick sagt allen anderen: „Da, schaut her! Ich trage eine Maske, ich bin verantwortungsvoll und solidarisch und schütze Euch!" Trifft der Blick dieser Individuen mich Unmaskierte, trieft er vor selbstgerechten Vorwurf angesichts meines unverantwortlichen baren Kinns (in 5 m Entfernung!). Richtig leiden kann ich keine der beiden Kategorien – zu sendungsbewusst und fordernd sind sie mir. „Kümmert Euch doch um Euch selber und lasst mich, wie ich bin!" möchte ich ihnen zurufen – doch die Worte bleiben mir angesichts der Anonymität ihrer verdeckten Gesichter im Halse stecken. Und – wer weiß? – vielleicht ist das ja das eigentliche, was dieser Maskenball bezwecken will?

Tag 44

Seit 2 Tagen läuft übrigens das Home Schooling wieder. Die Motivation könnte besser sein, also ehrlich gesagt ist sie sogar ziemlich schlecht. Beim Aufwecken am Montag sagte meine kleine Siebenjährige (wortwörtlich, kein Witz!): „Also, Mama, nachdem wir schon vor den Ferien drei Wochen nicht in der Schule waren und jetzt waren noch die zwei Wochen Ferien, finde ich es total enttäuschend, dass wir jetzt immer noch nicht in die Schule dürfen." Ja, Kindermund usw.. Was soll man denn da sagen, wie kann man denn da trösten. Ja, und diese Enttäuschung lässt die kleine Madame uns letztendlich auch alle spüren, die Kinder geraten im Minutentakt wegen jeder Kleinigkeit aneinander, wenn man dazwischen grätscht, hat man beide gegen sich und im Zweifel noch (Zornes-, Traurigkeits-?) Tränen zu trocknen. Es wäre natürlich gelogen zu behaupten, dass sei vor Rocona nicht auch irgendwie so gewesen, aber so arg doch nicht, oder? Erschreckend, wie es schon nach so wenigen Wochen schwer fällt zu erinnern, wie es denn vorher wirklich war, das normale Leben. Als die Kinder und mein Mann nicht die ganze Zeit zu Hause waren, als wir alle Hobbys hatten und abends ab und zu mal Ausgang mit Babysitter. Als wir noch miteinander und mit Freunden und Familie reden konnten, ohne nach 5 Minuten jedes Mal aufs eine Thema zu kommen. Mann, war das schön! Und das finden wohl auch die Kinder. Also bleibt als Antwort auf meine Frage, was man ihnen sagen soll, wohl nur: In den Arm nehmen und sagen, dass wir Großen es genauso leid sind. Das wäre dann der Idealfall. Im weniger idealen und dafür umso realistischeren Fall hat man, habe ich, weil sich *mein* Alltag als Systemrelevante im Gegensatz zum Rest der Welt nicht wesentlich entschleunigt hat, die Nase grade wieder gestrichen voll davon, dass, wenn ich nach Hausbesuch, regulärer Praxisarbeit und noch Besprechung danach nach Hause komme, meine Tochter, die für mich gefühlt den ganzen Tag rein gar nichts gemacht hat, sich weigert, ihre Wäsche abzuhängen – und raunze sie halt an, sie brüllt zurück, die Türen schlagen. Ja, so ist das halt. Keine Ausrede, keine Entschuldigung, nur eine Feststellung: woanders läuft`s auch nicht besser: beim Hausbesuch tönten das kindliche und elterliche Gebrüll im Kanon aus den offenstehenden Fenstern der Hochhaussiedlung.

Tag 45

Es steigt mal wieder Rauch (etwas weißer, aber leider auch viel schwarzer) aus dem Ofen von Kermel und ihren Kumpanen: Es dürfen jetzt auch Geschäfte über 800 qm öffnen, sowie auch Friseure (hab` ich`s doch richtig gehört vor ein paar Tagen, ein Glück für die zugewucherten Köpfe unter uns!), Büchereien und noch ein paar andere, aber mit Einschränkungen, wie so oft ist nicht alles verständlich. Sehr deutlich verständlich ist aber (als Preis für das Fitzelchen wiedergewonnener Freiheit?!) neben dem „darf man wieder" das neue „muss man jetzt". Nämlich: Maskentragen! Und zwar im öffentlichen Personennahverkehr und beim Einkaufen. Autsch! Das gefällt mir alter Lästernase überhaupt nicht. Soll ich mir jetzt wirklich auch so ein Stück Stoff ins Gesicht hängen (müssen), bzw. – Moment mal! – was sind denn da die Spezifikationen? Aha, neben dem medizinischen Mund-Nasen-Schutz sind auch die sogenannten Alltagsmasken oder Tücher zugelassen. Ja, Mensch, bringen die denn überhaupt was, ich dachte ja eher nein und war deshalb auch so spöttisch. Der Weltärztepräsident sagt: „Bei unsachgemäßem Gebrauch könnten Masken gefährlich werden. Im Stoff konzentriere sich das Virus, beim Abnehmen berühre man die Gesichtshaut, schneller könne man sich kaum infizieren. Eine gesetzliche Maskenpflicht solle es nur für echte Schutzmasken geben – eine Pflicht für Schals oder Tücher sei „lächerlich"." Ähem, ja dann...

Tag 46

„Wir sollen zuhören und aufpassen, tun, was man uns sagt. Unterordnen und nachmachen vom ersten bis zum letzten Tag, immer schön nach den Regeln spielen, die uns befohlen sind. Ich will nicht ins Paradies, wenn der Weg dorthin so schwierig ist. Wenn ich nicht rein darf, wie ich bin, bleib' ich draußen vor der Tür". Das hab nicht ich gesagt, sondern die Toten Hosen gesungen, anno 96, es ging natürlich nicht um Rocona, sondern um die Kirche. Um deren *Gebote*. So richtig weiß ich nicht, wieso es mir im offensichtlichen Gegensatz zu so vielen meiner Zeitgenossen in dieser Simulation so schwer fällt, in tiefem Glauben an eine höhere Weisheit der derzeitigen Gebote diese einfach zu befolgen. Was ist denn so schwer daran, es wäre doch so einfach: Maske auf, Fresse und Abstand halten, glücklich (und natürlich gesund!) sein. Stattdessen grummelt und rumort bei mir der Widerstandsgeist und lässt mich nicht mal ruhig schlafen, geschweige denn durch den Tag gehen. Menschen, die ich treffe, auch Freunde, die die Toten Hosen gut finden, fragen mich, wieso ich mich eigentlich so aufrege. Sie sehen die Demokratie in keiner Krise und freuen sich über die Lockerungen. Natürlich rege ich mich in und nach solchen Gesprächen nur noch mehr auf.

Ein wirklich gutes nachdenkliches Gespräch anderer Art hatten wir heute im Kreise der Familie. Es begann damit, dass die Kinder etwas über ihre Geburten wissen wollten. Als die Medizinerin, die ich bin, habe ich naturgemäß mit solcherlei Themen keinerlei Berührungsängste, und so fanden wir uns inmitten von Saugglocken, Fruchtwasser und Zangengeburten wieder. Über die Feststellung von Kind Nr.1, dass es das Gefühl habe, dass das meistens eher nicht so natürlich funktioniere, kamen wir auf die Kinder- und Müttersterblichkeit bei Geburten. Dass die - klaro! - ohne unsere moderne Geburtsmedizin viel höher ist als mit und deshalb in den ärmeren Ländern der Welt mehr Babys (und Mütter) bei der Geburt oder direkt danach sterben. Mein Mann brachte dann den nachdenklichen Kommentar, dass das zwar unserem humanistisch-christlichen Weltbild entgegenstehe, es aber durchaus (gemäß den Gesetzen der Natur) einen Sinn mache, um die Erde vor einer Überpopulation zu schützen. Und dass, als der Mensch in seinen narzisstischen Allmachtsphantasien mit moderner Medizin diesen Mechanismus auszuheben ersuchte, er schon nach kurzer Zeit in klassisch kinderreichen Ländern wie Indien und China merkte, dass er seinen Eingriff in die Natur anderweitig kompensieren musste, nämlich durch Geburtenkontrolle. Und ob es wirklich so viel weniger leidvoll ist, Kinder zu bekommen, von denen welche jung sterben müssen, als welche *nicht* bekommen zu dürfen, die man bekommen möchte – na, das möchte ICH nicht beurteilen müssen! Dieselbe Funktion (Konstanthaltung der Population, um eine Versorgung möglichst aller, naja, der meisten zu gewährleisten) haben im Übrigen auch Krankheiten. Und – schwuppdiwupp – waren wir wieder mittendrin im Rocona-Thema. Und nebenbei auch bei dem, was die süddeutsche Bürgermeisterin Doris Kokosnuss kürzlich gesagt hat, nämlich, dass wir mit viel Aufwand jetzt Menschen retten, von denen ein Großteil im nächsten halben Jahr sowieso gestorben wäre. Natürlich war der mediale Aufschrei („menschenverachtend!", „Euthanasie", etc.) riesig – die Aussage nichtsdestotrotz unanfechtbar korrekt. Und vor dem Hintergrund obiger Gedanken ist diese Rettungsaktion außerdem wieder einmal ein Eingriff in die Mechanismen der Natur, die uns, sowenig wir sie leiden mögen, doch als aufgeklärte wissenschaftliche versierte Menschen bekannt sein sollten. Sprich: die jetzt (sicher zum Teil gegen ihren Willen, gefragt hat sie nämlich auch keiner!) „geretteten" Menschen in all den Altenheimen dieses Landes werden tatsächlich zum Großteil in den nächsten Jahren auch so sterben, eben an etwas anderem als Rocona. Was ist aber mit all dem Schaden, den wir durch diese Rettungsaktion jetzt anrichten? Was ist mit den Jungen, die vor den Scherben ihrer (kaufmännischen, gastronomischen, cineastischen, musikalischen, etc.) Existenz stehen und vielleicht nicht mehr auf die Beine kommen? Sind wir der Natur wirklich so entfremdet, dass wir entgegen ihren seit jeher gültigen Gesetzen Alte auf Kosten von Jungen retten und nichts dabei, nein, es auch noch völlig richtig und alternativlos finden?

Und noch während ich dies denke, spätestens während ich es niederschreibe, sehe ich sie vor mir, die mahnenden erhobenen Zeigefinger, höre sie in meinem inneren Ohr, die entrüsteten Worte: „Sozialdarwinismus" usw.. Das ist etwas, dass wir kennen und gewohnt sind in unserer Zeit (also auch schon vor und außerhalb der Simulation): fast reflexartig rufen bestimmte Meinungen immer die gleichen empörten Gegenstimmen hervor. Und nun spüre ich in meiner Gedankenschleife, *was* mich so verstört in dieser Simulation. Der Mechanismus von Aktion und zum Teil überschießender Re-Aktion ist mir altbekannt, was aber fehlt, und was vor Rocona da war, sind die dann folgenden Stimmen, die Re-Reaktion sozusagen, und der Disput, der sich dann entspinnt. Beispiel Klimawandel: Wenn ein Autobauer fordert, dass seine das Klima verschmutzenden Töff-Töffs staatlich stärker gefördert werden sollen, folgt die entrüstete Reaktion („geht ja gar nicht!") der Umweltlobby so sicher wie das Amen in der Kirche. Dann aber werden zweifelsohne die nächsten Stimmen laut, nämlich die der Arbeitnehmer-, vielleicht auch Arbeitgeberverbände („aber denkt doch an die Arbeitsplätze in der Autoindustrie!"), die der anderen Autobauer („wir wollen auch!") und was weiß ich noch was für welche. Und keine Meinung ist grundsätzlich richtig oder falsch, sondern es wird diskutiert. Tja, nicht so aber hier und jetzt und bei Rocona. Hier gibt es nur die eine Meinung, die ist richtig und alle anderen werden mit dem moralischen Zeigefinger mal mehr, mal weniger laut niedergeschrien. Und ich bleibe fassungslos befremdet und frage mich, wem das eigentlich was nutzt.

Tag 47

Es regnet. Das erste Mal seit Wochen und das ist natürlich prinzipiell gut; da heute aber wieder Demo ist, finden wir es besch...... Ergeben machen wir unsere Plakate mit Frischhaltefolie drumherum wetterfest. Ich wechsele meine Sprüche nochmal auf: „Eigenverantwortung statt Entmündigung" und „Grundgesetze sind keine Gnadengeschenke". Die sind vielleicht eingängiger, etwas kämpferischer und besser zu verstehen. Der zweite ist gar nicht meiner, sondern vom Oppositionspolitiker und Juristen Bukicki. So ganz ganz langsam und zaghaft kommen auch in der Politik mal ein paar alternative (dieses nicht ganz unkritische Wort wohlverstanden im lexikalischen Sinne von „eine andere zweite Meinung aufzeigend") Stimmen. Das sollte mir wohl Hoffnung geben, aber tut es an diesem trüben Regentag irgendwie nicht. Auch die Mit-Demonstranten, mit denen wir trotzig mit und ohne Mundschutz unter unseren Regenschirmen und der Beobachtung dutzender (uns zahlenmäßig ggf. sogar überlegener) Polizisten ausharren, sind mir heute fremd. Wie ich sind sie wohl schon alle irgendwie gegen die Rocona-Maßnahmen, aber was sie daneben noch so alles wollen oder auch eben gerade nicht wollen, finde ich von unverständlich bis völlig daneben. Als da wären (werde eine kleine Auswahl der Plakatinhalte in im Vorsatz vorgegebener Abstufung abarbeiten): „Gib Bates keine Chance!" Gill Bates ist bekanntermaßen ein amerikanischer Tausendsassa, der neben seinem Software-Imperium noch hunderte anderer Eisen im Feuer hat. Unter anderem wohl auch in der Pharma- und Impfstoffindustrie. Dem armen, ach nee, das ist er ja gerade nicht, also: dem super-reichen Kerle jetzt aber vorzuwerfen, er habe Rocona irgendwie erfunden oder gepusht oder wie auch immer, um danach besser Impfstoffe dagegen verkaufen zu können, finde ich echt – Banane! Zweitens: „Stoppt 5 G". Das verstehe ich erstmal gar nicht und muss es zu Hause im Internet nachlesen. Das Ergebnis meiner Recherche: 5 G (das wusste ich schon vorher) ist das neue Mobilfunknetz, das schneller, toller, besser und überhaupt sein soll. Mobilfunkgegner gab es ja schon immer, aber nun haben wohl ein paar besonders Kreative schon vor ein paar Monaten, als es in Huwan grad erst so richtig losging mit dem Rocona-Virus, das Gerücht in die Welt gesetzt, der Virus werde übers 5 G – Netz übertragen. So ein Humbug! Die dritte Gruppe der verirrten Menschen, die ich als Hausärztin regelrecht gefährlich finde, sind die Impf- gegner. Die nutzen diese ganze Roconakrise jetzt, um ihren uralten abgestandenen Fake-Wein, dass Impfen Autismus macht, das Immunsystem schwächt und überhaupt uns alle umbringen wird, dem Rest der Welt in neuen Schläuchen schmackhaft zu machen. Schmeckt aber immer noch nicht und ist auch immer noch falsch. Und jetzt schon Hysterie über eine an- geblich geplante Impfpflicht gegen Rocona mit einem Impfstoff, den es nun nicht mal in Ansätzen gibt, zu schüren, lenkt meines Erachtens von den Problemen ab, die wir hier und heute haben. Als da wären: Pleite gehende Gastronomen, Reiseveranstalter, Tanzschulen, Theater (to be continued... [12]), durchdrehende und verdummende Kinder (sorry, Kinder!), vereinsamende Alte, usw. usw. – und *das* bei Fallzahlen auf der RKI-Seite, die man mit der Lupe suchen muss. Leider sehen das viele Leute anders: Die Petition gegen Impfzwang hat um einiges mehr Unterstützer als die gegen die Rocona-Maßnahmen. Nicht zum ersten Mal hier verzweifle ich an meinen Mitmenschen!

---

[12] to be continued... = Englisch für: Fortsetzung folgt...

Tag 48

2 Kinder spielen Stadt-Land-Vollpfosten (das ist ein Stadt-Land-Fluss mit erweiterten Begriffsforderungen): Krankheit mit R: Das eine hat Rocona, das andere Rovid-19 (das ist die begleitende Lungenentzündung, die auftreten kann) aufgeschrieben. Was sind das für Zeiten, wo zwei Zehnjährige Viren beim Vor- und Nachnamen kennen?

Derweil warnt Kermel in einer Ansprache vor „Öffnungsdiskussionsorgien". Was bitte? Da sich einige ihrer Ministerpräsidentenbubis statt ausschließlich mit Virologen nun wohl auch mal mit ein paar Wirtschaftsvertretern resp. Steuerschätzern resp. ganz normalen Kneipenbesitzern getroffen haben (oder eher geskyped, gezoomed oder vielleicht auch nur telefoniert?), ist ihnen wohl jetzt doch mal aufgefallen, dass wochenlanger Lockdown trotz dieser paar neuerlichen Lockerungchen gar nicht gut für die Wirtschaft ist. Ja, und jetzt ist da der ein oder andere unabgesprochen mit Mutti Kermel vorgeprescht (schimpfe, schimpfe) und hat die nächsten Öffnungsschritte öffentlich angedacht. Na, das geht natürlich gar nicht! Ein alter Schulfreund, der nebenbei auch Jurist ist, mailt mir: „Das zeigt, dass sie mit dem Begriff „Orgie" ungefähr das verbindet, was man bei ihr auch vermutet hätte, und erscheint andererseits etwas bedenklich, wenn sogar schon die offene Diskussion Ziel der Kritik wird." Ja, da hat er wohl recht, leider vermutlich in beiden Teilsätzen.

Tag 49

Rocona spaltet, jetzt steht es sogar in der Zeitung. Die Gesellschaft, Jung und Alt, Freunde, Familien, Belegschaften, die EU, Gesunde und Kranke, Selbständige und Angestellte. Folgende Formulierung ist von dem ArbeiterInnen-Hansel von der ersten Demo geklaut, aber trotzdem wahr: Das Virus ist erstmal nicht politisch, aber der Umgang mit ihm ist es. Und noch immer verstehe ich es nicht: nie war eine Grippe so ein Politikum. Aber selbst schon mit dieser Aussage beziehe ich wieder Position, spalte vielleicht selber, wenn sich alle, die das Virus ernster nehmen als ich, von mir nicht ernst genommen fühlen. Zu Beginn habe ich noch allerlei unterschiedliche Geschichten und Meinungen über Rocona in meiner Umgebung gehört, in der letzten Zeit rede ich nur noch mit Leuten, welche im Wesentlichen dieselbe Meinung haben wie ich. Ich frage mich, ob das anderen auch so geht. Mir gibt es natürlich das Gefühl, total im Recht zu sein, wenn ja die ganze Welt (entsprechend meinen derzeitigen Kontaktpersonen) Kontaktbeschränkungen, Mundschutz und diverse Maßnahmen genauso hirnrissig findet wie ich. Die Festigung meiner Meinung durch dieses Gefühl trägt aber natürlich nicht gerade zu einer Erhöhung meiner Kompromissbereitschaft bei, und wenn ich doch mal auf jemanden mit einer anderen Meinung treffe, werde ich schnell vehement. Finde ich das gut? Nee, ganz sicher nicht. Bin ich selber bereit, einen Teil der Verantwortung für die Spaltung zu übernehmen? Nee, eher nicht. Wieso denn nicht? Die Antwort ist schwierig und besteht aus mehreren Teilen. Zum einen geht es einfach um zu viel (Freiheits- und Grundrechte), als dass ich in mir die Bereitschaft finde, mit einem entspannten Lächeln kompromissbereit zu sein. Zum anderen ist es „die andere Seite" (schon die Wortwahl verrät die Gräben, die sich so mal eben in ein paar Wochen zwischen uns aufgetan haben) auch nicht. Schonungslos sind die braven hörigen Gutmenschen in ihrem moralischen Urteil über alle, die „den Wert des Lebens" (so ihre gern benutzte Formulierung) nicht über alles andere stellen, mitschwingen tun Vorwürfe wie „Mörder", „Egoisten" oder zumindest „Fehlgeleitete". Diesen Anschuldigungen biblisch auch die andere Wange noch hinzuhalten kann und will mir nicht gelingen. Also bleibt die Spaltung. Also bleiben Gespräche mit Freunden, die das alles „ganz ok" finden, aus oder an der Oberfläche. Wie das weitergehen soll? Weiß ich nicht.

Tag 50

Sensation! Jetzt geben alle (naja, fast alle, mehr s.u.) Gas mit den sogenannten Lockerungen. Ausgerechnet Möder, dieser bayrische Bedenkenträger, fands jetzt wohl so uncool, dass Schalet in NRW nächste Woche Restaurants aufmachen will, während die bayrischen Brauereien darben, dass er jetzt heute bei der neuesten Ministerpräsidentenkonferenz von Bremse zu Drängler mutiert ist – und nun die Bajuvaren nächste Woche wieder in die Biergärten dürfen. Na sowas! Auf einmal soll alles ganz schnell gehen, auch Ferienwohnungen und Hotels wieder öffnen. Das Tempo, was jetzt da nach wochenlangem Stillstand hingelegt wird, ist für mich genauso surreal und unverständlich wie das Tempo des Lockdowns vor 6 Wochen. Ich meine, was hat sich denn jetzt plötzlich so fundamental geändert, dass das jetzt alles wieder gehen darf? Die Infektionszahlen sind schon vor einiger Zeit im freien Fall auf ein paar hundert neue pro Tag (in ganz Deutschland) heruntergegangen und bleiben dort – Kunststück, wenn sich keiner mehr jemand anderem auf mehr als 1,5 m nähert. Die Intensivbetten sind ebenso leer wie seit Wochen bzw. die verschobenen OPs sollen jetzt mal wieder angefahren werden, damit das Personal nicht vor Langeweile eingeht (kleiner Fun Fact am Rande: Einige hatten sogar Kurzarbeit!). Logo, alles Deutschland. Woanders sieht's anders aus, aber wir reden ja auch von deutschen Maßnahmen und deutschen Lockerungen. Auch wenn dieser plötzliche Umschwung der Landespolitiker zu schön ist, um wahr zu sein, und wir es kaum glauben können, freuen wir uns und stoßen mit einem Glas Sekt drauf an. Babysitter und Tisch im Restaurant sind reserviert und auch unser Pfingsten geplante Urlaub ist wieder in den Bereich des Möglichen gerückt. Apropos Ferien: Dann können die Kinder ja jetzt auch wieder in die Schule und bis zu den Pfingstferien nochmal was lernen – nein, nicht? Nee, mal so gar nicht! Schon gar nicht in unserem Bundesland. Während im Rest von Deutschland die Kinder (immerhin, nun ja) ab nächste Woche „schrittweise" in die Schulen zurückkommen dürfen, startet Baden-Württemberg damit erst zwei Wochen später, weil …, ja, weil halt. Weil unser Ministerpräsident uralt und entsprechend lahm und vorsichtig ist. Und keine Kinder im schulpflichtigen Alter mehr hat. Und es nicht mehr erleben wird, wenn all die Kinder, die jetzt über Monate nichts lernen, später auch im Beruf nicht zurechtkommen werden. Das war jetzt böse, ich weiß. Aber ist doch wahr, sogar im wahrsten Sinne des Wortes; ich habe gelesen, dass Kohorten von Kindern, die wegen Streikzeiten längere Unterrichtsausfälle hatten, über Jahrzehnte nachbeobachtet wurden. Und siehe da, pro versäumtes Schuljahr haben die betroffenen Kinder nachher 10% weniger verdient! Aber hallo! Also bringen wir unseren Kindern bei, dass sie auch nächste Woche nicht ihre Lehrer und Klassenkameraden sehen werden, aber immerhin die (auch sehr beliebte und logischerweise lange nicht dagewesene) Babysitterin. Das ist doch auch schon mal was!

Tag 51

Heute frönen wir nun schon ein zweites Mal unserem neuen Hobby: Geocaching. Das erste Mal haben wir es vor ein paar Wochen gemacht, als nicht mal Eisdiele oder Freunde als Ausflugsziel dienen durften, und dabei Feuer gefangen. Hier fällt mir die Antwort auf die Frage, warum es uns gerade jetzt so einen Spaß macht, was es uns gibt, was wir gerade nicht haben, sehr leicht: Es geht um den Thrill[13] natürlich! Den Thrill, der überall anders gerade abgesagt ist. Die Kinder können nicht vor Klassenarbeiten oder Vokabeltests aufgeregt sein (und wir mit ihnen), weil es keine gibt. Die beruflichen Herausforderungen im Home Office bewegen sich auf einem niedrigen Level. Der gelegentliche Volkslauf, mit dem ich mein Joggingtraining mal aufpeppe, mit vorheriger Nervosität – natürlich alles abgesagt. Auch die noch viel kleineren täglichen Challenges[14] wie „kommen alle morgens zu Schule und Arbeit und nachmittags nochmal zu ihren Hobbies rechtzeitig aus dem Haus" sind passé. Wie schön also der Adrenalinkick, wenn man nach stundenlangem Gesuche ein mit Lehm verschmiertes Döschen hinter einem Baumstumpf hervorzaubert (und drinnen neben dem notorischen

---

[13] Thrill [θrɪl] = Englisch für: Nervenkitzel, Kick
[14] Challenges [ˈtʃælɪndʒ] = Englisch für: Herausforderungen, schwierige Aufgaben.

„Gästebuch" zwei Kulis und einen Schlüsselanhänger zum Durchtauschen für den eigenen selbst mitgebrachten Krimskrams findet)! Versteht Ihr nicht? Ich soll mal froh sein über die Entspannung, den Stressabfall in meinem Leben? Ja, kann ja sein. Nach wochenlangem Genuss des Nichts würde sich aber selbst der tiefenentspannteste Jedi-Meister mal einen kleinen Kick wünschen!

Tag 52

Grillen bei lange nicht gesehenen Freunden. An der einen Ecke des Tisches sitzen sie drei (Mama, Papa, Kind), an der anderen Ecke des noch extra zusätzlich dazugestellten Beistelltischchens wir vier.

Sie steht seit Wochen in Korrespondenz mit einer Freundin in New York. Dort gäbe es nicht genügend Kühlwagen, um die Leichen aufzubewahren und zu transportieren. Die Lage dort sei verheerend, so etwas habe es definitiv nicht bei Grippeepidemien der letzten Jahre gegeben. Vor allem treffe es die Hispanos und die Schwarzafrikaner, die z.T. zu zehnt in einer Wohnung wohnten, selten krankenversichert seien und ergo erst medizinische Hilfe suchten, wenn es zu spät sei. Die Weißen isolierten sich und seien so einigermaßen safe[15]. Meine Freundin macht den Präsidenten Prumt verantwortlich, der zum Brechen von Kontaktsperren (die er letztendlich irgendwie selber verhängt hat, muss man nicht verstehen) aufruft. Ich bin betroffen, nachdenklich, 3 Gläser Aperol Spritz erleichtern die Analyse nicht. Habe ich das alles falsch gesehen? Ist es egoistische Kleinkariertheit, hier im „verschonten" Deutschland zu sitzen und sich über „Schönheitsfehler" und „Kleinigkeiten" wie bis dato geschlossene Schwimmbäder und Schu-

---

[15] safe [serf] = Englisch für: sicher, gefahrlos, geschützt, an einem sicheren Ort

len zu beschweren? Ich ringe mit mir, bin zutiefst verunsichert. Erst auf dem Nachhauseweg sickert mit der Abendluft wieder etwas Klarheit in mein alkoholgeschwängertes Gehirn und ich komme zur Erkenntnis:

Ja, es ist schlimm. Ja, es sterben Menschen. Vielleicht habe ich das nicht immer vollumfänglich auf dem Schirm gehabt. ABER erstens dürfen die Mittel, die vom Zweck geheiligt werden, wenn sie gleichzeitig anderen Zwecken (Grundrechte, Kinderrechte,...) zuwiderlaufen, nicht von wenigen Menschen ohne Diskussion (ich erinnere mich wieder an meine Leserbriefe vor einigen Wochen) ergriffen werden. Und zweitens nicht einfach irgendwelche, vor allem nicht nach Wochen, ohne dass in der Zeit untersucht worden wäre, ob sie den Zweck überhaupt erfüllen. Sprich: mit der Schließung einer Schule hier, ach was, mit der Schließung *aller* Schulen hier retten wir kein einziges Menschenleben in New York – und vermutlich auch keines hier. Denn heute habe ich gelesen, dass Kinder im Gegensatz zur Grippe diesen Rocona-Virus (dessen Namen keiner mehr hören will!) gemäß mehrerer Studien wohl in deutlich geringeren Maße übertragen als Erwachsene. Die wochenlange Schließung von Kitas, Schulen und Kindergärten war also vermutlich vollkommen sinnlos. Na, herzlichen Glückwunsch!

Tag 53

Heute erfahre ich von meinem Großen, dass die Tochter des befreundeten Ehepaars gestern zu ihm zum Abschied gesagt hat, so viel wie in den letzten 2 Stunden habe sie in den letzten drei Wochen nicht gelacht. Ich könnte weinen, so traurig ist das.

Und noch was Anderes ist traurig: Die „neue Normalität". Dieser schlimme Begriff existiert sogar offiziell. Als könnte man das, was man als Normalität empfindet, einfach durch den Zusatz dieses dreibuchstabigen Adjektivs umdeklarieren, den Ausnahmezustand damit durchs Hintertürchen zum Alltag machen. Und verdammt, ja, kann man wohl. Denn die Veränderung des Umgangs miteinander ist längst tief in uns eingesickert. In nur so kurzer Zeit sind von den Maskenträgern nun die Maskenlosen zu Außenseitern geworden, aus den paar Spinnern, die aus Angst vor Begegnung auf dem Spazierweg ins Gebüsch springen, ist die wohlanständige Mehrheit geworden, wer Ampelknöpfe oder Türklinken anfasst, gilt als todesmutiger Sonderling. Das bedrückt mich, ist nicht mehr die Welt, in der ich leben möchte. Ich sehne mich nach dem Ende der Simulation.

Nochmal zur Abwechslung was über die eigentliche Hauptperson dieser, nämlich das schnucklige kleine Rocona-Virus. Dessen Hotspot (ja, auch wieder so ein Wort!) ist jetzt über New York nach Südamerika gewandert. Wieder gibt es Bilder und Berichte über fehlende Kühlwagen und sich stapelnde

Leichen. Ich frage mich, wieso darauf so ein Schwerpunkt gesetzt wird. Ja, ich finde Berge von toten Menschen auch irgendwie gruselig, aber richtig Angst macht mir das nicht. Vielleicht hat das was mit meinem Beruf als Ärztin zu tun. Als solche behandele ich ja kranke, lebende Menschen. Der Tod ist der worst case[16], der verhindert werden sollte. Dann ist die Arbeit allerdings (für mich) auch vorbei, die Menschen vom Leiden erlöst und Frieden eingekehrt. Ich glaube, Bilder (oder die Vorstellung) von Menschen mit Schmerzen, Luftnot oder anderen starken Beschwerden würden in mir eine stärkere Reaktion auslösen als Leichen. Die Verantwortlichen für die Bildchen auf den Zigarettenpackungen sehen das anscheinend auch so, da sind ja immer irgendwelche Entstellungen am lebenden Menschen zu sehen und keine Leichen. Vielleicht ist das der Grund, warum ich auf diese Simulation so reagiere, wie ich es tue: Weil die Leichenwagenbilder bei mir NICHT wie bei 90 % (oder mehr, oder weniger, ich weiß es nicht) meiner Mitmenschen die Direktabkürzung (unter Umgehung des Verstandes) zur Gefühlsebene genommen haben. Ich sie zwar sehe, schlimm finde, dann aber erstmal drüber nachdenke, was das mit jetzt und vor allem hier zu tun hat – siehe gestern.

---

[16] worst case = Englisch für: schlimmster Fall

Tag 54

Heute schon die dritte Demo. Ich befürchte, dass die Resonanz jetzt, wo alles wieder „fast normal" werden soll (außer man ist Kind oder hat welche), geringer bzw. negativ ausfällt, nach dem Motto: „Was wollen die denn jetzt noch, diese Aufwiegler?". Dem ist aber tatsächlich nicht so. Auf dem Spießrutenlauf mit Plakaten (mein Mann hat abgerüstet auf „Freiheit braucht Mut") zum Demoplatz erhalten wir viele thumbs up[17]! Die Leute gehen trotzdem lieber shoppen bzw. stehen in dem dafür vorgesehenen Planquadrat vor den Läden Schlange statt mitzukommen.

Kein Wunder bei dem, was in der Zeitung über uns Demonstrierende steht. Diejenigen, die keine Verschwörungstheoretiker, Impfgegner oder Aluhüte (das sind so Menschen mit einer selbstgebastelten Zipfelmütze aus Alufolie auf dem Kopf, keine Ahnung, was das soll) sind, haben ein AfD-Parteibuch oder einen Reichsbürgerpass in der Tasche. Häh? Ich gebe ja zu, dass ich letzte Woche auch kräftig über ein paar meiner Mitstreiter abgelästert habe – aber das sind doch nicht alle und nicht einmal die Mehrzahl! Unsere Freunde haben wie wir bislang meist grün gewählt, sie sind Brummifahrer und verstehen (wie wir) einfach nicht, wieso sie, bevor sie (maskiert) auf den Hof ihrer Kunden zum Abladen

---

[17] thumbs up = Englisch für: Daumen hoch, Zustimmung

dürfen, draußen erstmal Fieber messen müssen. Neben uns ist eine Familie mit drei Kindern, die im Brunnen rumspielen, während Mama dafür demonstriert, dass sie wieder in den Kindergarten dürfen. Dass wir in den Medien pauschal als fehlgeleitete Irre mit komischen Ideen beschrieben werden, macht mich wütend – und erfüllt dennoch sicherlich seinen medialen Zweck, einen weiteren Zulauf zur Protestbewegung verhindern.

Tag 55

Auf der Homepage des RKIs gibt es jetzt eine neue Karte, vielleicht gibt's die auch schon länger, aus gegebenen Anlass (laaangweilig!) habe ich mich da schon länger nicht mehr rumgetrieben. Auf dieser Karte sind die Landkreise gemäß der in den letzten 7 Tagen pro 100.000 Einwohner aufgetretenen Rocona-Neuinfektionen eingefärbt, die Farbgebung erfolgt von weiß über verschiedene Gelbstufen und Orange hin zu dunkelrot. In dieser Art gefärbt sind die Landkreise, in denen es mehr als 50 Neuinfektionen gegeben hat. Ich blicke auf die Karte und fühle mich an Hexenjagd-Szenarien erinnert. Nun ist das ganze Land aufgefordert, auf Freiz, Cad Boesfeld und Regenberg zu schauen und mit dem Finger drauf zu zeigen – dreimal darf geraten werden, wer das auch fleißig tut: Die liebe Presse natürlich, die dafür sorgt, dass auch diejenigen Menschen, die diese Karte nicht aufrufen können oder wollen, bestenfalls stundenaktuell informiert sind über die Sünder der Republik.

Kümmert Euch doch um Euren eigenen Scheiß! – möchte ich ihnen allen zurufen. Aber das ist ja das Schöne an Rocona, dass es all denen, die hinter dem Sicht – (oder viel mehr Gesehenwerden -) Schutz ihrer wuchernden Balkongeranien schon immer das Treiben ihrer Nachbarn mit Argusaugen mitverfolgt haben, nun eine offizielle Rechtfertigung gibt, andere nicht nur zu beobachten und zu überwachen, sondern auch noch über sie zu urteilen!

Tag 56

Kleine Wortkunde zum Wort „krude", welches in nur wenigen Tagen einen kometenhaften Bedeutungsaufstieg von „veraltet" zum neuen Lieblingsadjektiv der deutschen Presse in Zusammenhang mit den Demonstrationen für die Grundrechte erlebt hat. Es bedeutet: 1a) roh, ungekocht, 1b) unverdaulich und 2) roh, ungeschliffen, nicht-kunstvoll. Nach dieser Erweiterung meines Wortschatzes und meiner Allgemeinbildung (danke, Rocona, hierfür!) muss ich nun doch ein bisschen schmunzeln und frage mich, ob die unzähligen voneinander abschreibenden Journalisten wirklich genau das damit sagen wollten?! Mir erscheint es, dass sie es eher im Sinne „ungenau" (das wäre noch die freundlichere Auslegung) oder „hanebüchen" verstanden haben wollen – was es aber witzigerweise gar nicht heißt. Damit, roh und unverdaulich zu sein, kann ich sehr gut leben, wie ich feststelle. Wie sollte ein Protest für basale Grundrechte auch kunstvoll sein, dafür ist tatsächlich gerade kein Raum, der darf gerne wieder entstehen, wenn das elementare, rohe, krude wiederhergestellt ist.

Die Rocona-Demonstrationen werden gerne mit den Pegida-Demonstrationen vor 5 Jahren verglichen. Wie damals seien es auch heute die Wutbürger, die auf die Straße gingen. Bei den Vergleichen geht mir die Hutschnur hoch, ich sehe überhaupt keine

Parallelen zu dem ausländerfeindlichen Mob, der damals im Fernsehen gezeigt wurde. Doch plötzlich werde ich nachdenklich: Was wird denn heute im Fernsehen gezeigt von den Rocona-Demos? Natürlich bevorzugt die Extremisten und Wirrköpfe unter den Anwesenden. Habe ich das damals vielleicht falsch eingeschätzt mit den Pegida-Demos, war das auch so eine TV-Propaganda? Die (Demonstranten) haben ja damals auch das Wort „Lügenpresse" geprägt. Vielleicht hätte ich mal hingehen sollen, um mir selber ein Bild zu machen?! Aber wenn ich das – mit meiner Vorerwartung / Vorurteil (?), dort auf rassistische Hohlköpfe zu treffen – gemacht hätte, hätte ich doch vermutlich auch genau die nur gesehen, oder? Mann, ist das kompliziert mit der Wahrheit, wie bekommt man die denn nun heraus? Im Nachhinein sowieso nicht mehr, dann kommt zur Voreingenommenheit der Zeitgenossen dann noch die im Nachhinein verzerrte Betrachtung der Geschehnisse auf Grund von Wissen, was man damals noch nicht hatte. Schwierig, schwierig, schwierig....

Tag 57

Absurditäten in Zusammenhang mit Rocona, Teil 794:

Wir waren heute in der Leihbücherei. Hier unser Besuchsprotokoll: Hinweg zu viert, mein Mann darf die abzugebenen Bücher schleppen, muss (darf?) aber draußen bleiben, da: Maske vergessen. Wir anderen drei ziehen unseren mit „Maulkorb" und „Mundtot" beschriebenen MNS an und folgen den Pfeilen und Trennungsmarkierungen auf dem Boden: Linke Treppenseite Eingang und Treppenaufstieg, andere Seite Aus- und Abgang. Erste kritische Anmerkung: Sind wir hier in England, andersrum wär`s logischer gewesen, und was soll das überhaupt, dadurch wird die Treppe auch nicht breiter. Während Kind Nummer 2 am obigen Durchgang einfach durchlatscht, ist Kind Nummer 1 dank dem vorherigen Besuch letzte Woche schlauer und nimmt sich ordnungsgemäß einen Korb, der wie im Supermarkt die Einkaufswägen als Menschenzähler fungiert. Auch Nummer 2 wird zurückgepfiffen, ohne Korb kein Büchereibesuch. Die abzugebenden Bücher nimmt mir niemand ab und selbst verbuchen wie früher soll ich auch nicht, sondern sie auf ein dafür bereitgestelltes Regal stellen. Dort sollen sie solange „abhängen", bis sie nicht mehr infektiös sind.

Zweite Anmerkung: WTF[18]...? Jetzt ist der Rucksack leichter und es kann losgehen. Die Kinder ziehen in die Kinderbuchecke ab, ich durchstöbere die Erwachsenenbücher und frage mich dabei (dritte kritische Anmerkung), wieso es jetzt so viel hygienischer und weniger ansteckend ist, wenn ich die Bücher im Regal als fraglich Wievielte am heutigen Tage durchgrabbele – die ausschließlich zuvor kurz von mir angefassten auszubuchenden Bücher aber Stunden (Tage? Wochen? Wer weiß!) abhängen müssen, bevor es jemand wagen kann, sie zur Zurückbuchung anzulangen. Wie immer hat Kind Nummer 2 viel zu viele Comics ausgeliehen und trotz Asterix-Ausleihe ist der Trage-Nubier nicht dabei – also zurück mit der Hälfte (angefasst!!!) ins Regal. Beim Ausleihvorgang, den ich alleine und mit eigenen Händen durchführen darf und muss, bekomme ich leichte Luftnot unter meinem Mundschutz. Oder ist es die Angst, die in mir hochsteigt? Hier passiert nämlich gerade nach meiner bescheidenen hausärztlichen Meinung die Handlung mit dem mit Abstand größten Infektionsrisiko in der Bücherei (vierte Anmerkung): eigenfingriges und unbehandschuhtes Eingeben meiner Pin in die undesinfizierte (soweit ich das sehen kann) Tastatur. Bäh, das ist ja schlimmer als Ampelknopf! Da geht's wenigstens zur Not mit Ellbogen und auch nur mal kurz. Hier muss ordentlich gedrückt werden und ich bin vielleicht die zehnte, zwanzigste oder noch

---

[18] WTF...? | **w**hat **t**he **f**uck...? = Amerikanisch vulgär umgangssprachlich für: Was zum Teufel...? Was zur Hölle...?

viel mehrte Person, die das heute macht. Mit unend-
licher Tapferkeit und Beherrschung überwinde ich
die nicht durch Roconaangst, sondern dieses Über-
maß an Schwachsinn ausgelöste Panikattacke, ent-
leihe unsere Bücher und verlasse kopfschüttelnd und
mit heruntergerissenem Mundschutz die Bücherei.
Besuchsprotokoll Ende.

Tag 58

Wir haben Ausgang! Die Kinder freuen sich übers Kindermädchen, wir uns darüber, dass wir raus dürfen. Unnötig zu sagen, dass die Sonne auch heute Abend mal wieder strahlend scheint in dieser Schönwetterpandemiesimulation. Pflichtbewusst haben wir reserviert („muss man jetzt"), bezweifeln aber angesichts des zur prime time völlig leeren Restaurants die Notwendigkeit. Als wir unser (turboschnell erhaltenes, Kunststück bei 2 Stück Gästen!) Essen fertig verspeist haben, bekommen wir mit zwei weiteren Paaren, die in den entferntesten Ecken des Restaurants platziert werden, Zuwachs, entschließen aber dennoch eine Etage höher auf die Freiluftterrasse zu wechseln. War es unten ein wenig beklemmend (und das sicher nicht auf Grund des geschmackvollen Interieurs), ist es hier oben einfach himmlisch! Auf der einen Seite geht die Sonne unter, auf der anderen schimmern die Dächer unserer Stadt. Es herrscht eine vorsichtig-gelöste Atmosphäre, ein paar andere Gäste genießen neben ihren Drinks die wiedererlangte Freiheit sichtlich ebenso wie wir. Wir schlürfen Händchen haltend Mango Áperol und Wild Berry und lästern über den in den Kinnbereich gerutschten Mundschutz des Barkeepers. Es fühlt sich in der Tat an wie eine Befreiung nach Eingesperrtsein. Schon komisch, dabei wären wir vermutlich in den letzten Wochen sowieso nicht unbedingt weggegangen, es ist nicht so, als wäre das ein regelmäßiger Termin bei uns, eher so das seltene Special Treatment. Dennoch: das Wissen in den letzten Wochen, es nicht gekonnt zu hätten, auch wenn wir gewollt hätten würden (und jetzt noch ein Konjunktiv drauf!) – das Wissen jedenfalls über diese Einschränkung, Limitation, dieses Verbot hatte (zumindest auf mich, auf uns) eine klaustrophobische Wirkung. Und ist die jetzt aufgehoben, frage ich mich, als wir leicht angeschickert übers Kopfsteinpflaster nach Hause stolpern. Kann ich jetzt demnächst mit einem erleichterten „Alles ist gut geworden" - Gefühl aus der Simulation herausspazieren? War natürlich eine rhetorische Frage. Ja, es fühlt sich gut an wieder essen gehen zu können und ja, es ist ein erster Schritt zur Wiederherstellung der alten Normalität, nach der ich mich so sehr sehne – aber nur ein erster. Die offizielle Devise lautet aber leider weiterhin „Kontaktbeschränkung, Abstand halten, Mundschutz an".

Tag 59

Ein weiteres schon vorher bekanntes, aber seit 2 Monaten immens gern verwendetes Wort (sogar von mir hier schon das ein oder andere Mal!) lautet: Solidarität. Eine Definition, die ich hierfür im Wörterbuch gefunden habe, verwirrt mich: „Unbedingtes Zusammenhalten mit jemanden aufgrund gleicher Anschauungen und Ziele". Ob das die Ersteller der an den Ampelpfosten klebenden mit „Nachbarschaftliche Solidarität in Zeiten von Rocona" betitelten Hilfsangebotszettel wissen? Geht es hierbei doch eher darum, dass der eine (sich als weniger gefährdet empfindende) dem anderen (als gefährdeter empfunden, zumindest vom ersten) helfen möchte, sein Ziel (beispielsweise Einkauf ohne dass sich die Person Nr.2 in Lebensgefahr begibt) zu erreichen.

Ich frage mich also, was ist Solidarität?

Ist es solidarisch gegenüber den zur Risikogruppe gehörigen Nachbarn, für sie einzukaufen oder ihren Hund Gassi zu führen? Verhindere ich damit nicht, dass sie sich mit Bewegung an der frischen Luft gesund erhalten und zerstöre das Vertrauen des Hundes in sie, wenn ich regelmäßig die mit ihm rausgehende Person bin?

Ist es solidarisch mit der notleidenden, kurz-vor-Pleite-stehenden Gastronomie, wenn ich wieder essen gehe? Oder unsolidarisch mit den potentiellen

Todesopfern einer möglicherweise hierdurch ausgelösten Infektionskette?

Ist es solidarisch mit der Gesellschaft, wenn ich meine Kinder nicht in die Notbetreuung gebe, weil mein Mann die Kleinen zu Hause hüten kann und wir so die Plätze freilassen für andere Systemrelevante und außerdem Kontakte verhindern? Oder ist es nicht vielmehr ziemlich unsolidarisch mit meinen Kindern, die andere Kinder zum Kindsein brauchen?

Bin ich unsolidarisch mit den Kranken und Toten, wenn ich gegen die Maßnahmen demonstrieren gehe? Oder eben doch grade solidarisch denen gegenüber, die durch die Maßnahmen massiv geschädigt sind?

Ist es solidarisch gegenüber meinen Kindern, wenn ich beim Leichtathletik-Training, was bald wieder stattfinden soll, helfe, damit im Rahmen der schwachsinnigen Gesetzeslage derzeit dort überhaupt etwas geht? Oder ist es vielmehr unsolidarisch, weil ich mit meiner Kooperation ein Fortbestehen der schwachsinnigen Gesetzeslage begünstige?

Ist es solidarisch, dem Plakataufruf einer kleinen Veranstaltungslokalität zu folgen und denen Geld zu spenden? Oder ist es solidarischer für eine schnelle Wiedereröffnung desselben demonstrieren zu gehen, damit sie ihr Geld wieder selber verdienen können? Wäre es (dem Betreiber der Veranstaltungslokalität gegenüber) nicht am allersolidarischsten, dort illegal, aber natürlich voll bezahlt eine Party zu feiern? Was ist dann aber mit der Solidarität gegenüber den anderen?

Ist es solidarisch mit meiner 62-jährigen Patientin (Lehrerin), ihr „zur Rettung ihres Lebens vor Rocona" ein Attest auszustellen, damit sie dieses Schuljahr nicht mehr in der Schule unterrichten muss? Oder ist das vielmehr nicht vollkommen unsolidarisch gegenüber ihren Schülern, die jetzt zusätzlich aus dem ohnehin viel zu knappen Pool an verbliebenden Lehrkräften zehren müssen, falls die Schule irgendwann wiederbeginnen sollte?

Ich merke, es ist ganz schön kompliziert. Und beschließe jedem, der diesen Begriff leichtfertig verwendet oder sogar seine Negierung „der (oder die oder das) ist unsolidarisch..." zur Moralisierung anderer benutzt, mit Misstrauen zu begegnen!

Tag 60

60 Tage bin ich nun schon hier. Zeit für eine Bilanz? Eigentlich lieber nicht. Gefühlt ziehe ich die eh täglich, in der Hoffnung, dem Ganzen noch irgendwie Sinn zu geben, ein Detail zu entdecken, eine Erklärung, die mir das weiterbestehende fanatische Festhalten so vieler Menschen an so viel Schwachsinn endlich verständlich macht. Leider vergebens. Meine Arzthelferin äußerte zu Beginn der Pandemie mehrfach, dass sie glaube, dass da mehr dahinterstecken müsste, dieses Rocona-Virus gefährlicher sei, als man uns sage etc., ansonsten sei dies alles (der Lockdown etc.) ja wohl nicht zu erklären. Bingo! Wieso ist meiner Arzthelferin im Gegensatz zum Großteil der Restbevölkerung hierzulande schon seit Wochen klar, dass es hier in diesem Land eine immense Unverhältnismäßigkeit gibt zwischen dem, was wir dafür tun, was genau eigentlich zu verhindern?

Ach, fast hätte ich's vergessen: Es gibt für Kind Nr.2 ein Schulkonzept für nach Pfingsten: Die mit 20 Kindern eh schon lächerlich kleine Klasse wird nochmal zweigeteilt, mit dem Ergebnis, dass die beiden Gruppen dann hintereinander (natürlich mit einer großen Pause dazwischen, damit die Gehenden und die Kommenden ja nicht aufeinandertreffen) je 90 Minuten pro Tag unterrichtet werden. Allerdings nur alle zwei Wochen, wir wollen`s ja nicht übertreiben! Schön, dass jetzt auch mal einer Journalistin der GE-

MÄLDE-Zeitung der Kragen platzt und sie einen Artikel über dieses Thema schrieb mit der Überschrift „Dieser Stundenplan kann doch nicht Euer Ernst sein?" – Danke, treffender hätte ich`s auch nicht formulieren können!

Tag 61

Heute wollen wir eigentlich wieder demonstrieren gehen. Bzw. eigentlich wollen wir das eher so ganz und gar nicht, eine ziemliche Unlust, uns wieder so zu exponieren und zudem die Beine in den Bauch zu stehen, hat uns befallen. Zumal es regnet. Das ist ja selten genug in diesem Frühjahr, aber wenn dann, kann man sich wohl drauf verlassen, dass es an einem Samstag sein wird. Sich jetzt einfach wegen akuter Unlust geschlagen geben geht aber auch so gar nicht. Wir entscheiden uns als Kompromiss die verramschten Plakate zu Hause zu lassen und stiefeln mit Schirmen los. Wieder zu sechst, was wir heute dank der letzten Lockerungsorgie auch offiziell dürfen, heyho! Diesmal habe auch ich eine vorbereitete Rede in der Tasche, hier ist sie:

Hallo, ich bin Hausärztin hier in dieser Stadt und heute schon das vierte Mal hier.

Viel lieber würde ich mit meinen Kindern Rad fahren, wandern oder schwimmen gehen, ich möchte Euch sagen, wieso ich trotzdem hier stehe.

An dieser ganzen Rocona-Gesetzgebung stört mich vieles, heute möchte ich nur über einen Aspekt sprechen.

Jedes Jahr sterben in Deutschland 3.000 Menschen an Verkehrsunfällen, einen Teil davon könnte man durch ein Tempolimit auf Autobahnen verhindern.

Jedes Jahr sterben in Deutschland 45.000 Menschen an Lungenkrebs, größtenteils durch Nikotinkonsum bedingt.

Jedes Jahr sterben 175.000 Menschen an Diabetes, also Zuckererkrankung, und seinen Folgen, es ist allgemein bekannt und bewiesen, dass mit einer gesünderen Ernährung und ausreichender Bewegung das Auftreten von Zucker verzögert und sein Verlauf abgemildert werden kann.

Wenn all diese Tode verhindert werden könnten:

Wieso nun gibt es kein Tempolimit auf Autobahnen in Deutschland?

Wieso sind Zigaretten nicht verboten?

Wieso gibt es keine Verpflichtung zu einem gesünderen Lebensstil?

Weil Deutschland bis vor zwei Monaten ein freies Land war! So frei, dass es nicht nur keine Verpflichtung dazu gab, gesund zu sein. Nein, jeder hatte sogar das individuelle Recht krank zu sein und seiner Gesundheit zu schaden, wie er wollte.

Und jetzt?

Wir dürfen uns immer noch nach Belieben zu Tode fahren, rauchen und essen.

Aber Rocona – nein, an Rocona dürfen wir nicht erkranken. Hier wird unsere individuelle Freiheit auf einmal in einem nie gekannten Maße beschränkt – und dass, obwohl jeder zehnte Raucher an Lungenkrebs erkrankt und stirbt, aber nur etwa maximal jeder 20. Infizierte an einer Rocona-Infektion verstirbt!

Das verstehe ich nicht!

Ein gern benutztes Argument dieser Tage, warum wir die Einschränkung unserer Freiheitsrechte hinnehmen sollen, ist der Schutz der Risikogruppe.

Jeden Herbst biete ich in meiner Praxis den Älteren und Vorerkrankten die Grippeimpfung an. Ganzjährlich habe ich ein erhöhtes Augenmerk auf diese Gruppe, sorge beispielsweise zur Sturzprophylaxe für individuelle Schutzmaßnahmen wie einen Rollator oder verschreibe Krankengymnastik.

Ja: Wieso denn nicht nun genau dieser Gruppe als individuelle Schutzmaßnahme FFP2-Masken oder Visiere anbieten? Wieso nicht gezielt diese Menschen darüber aufklären, dass es sinnvoll für sie sein kann, Kontakte zu reduzieren und Abstand zu wahren? Was ist denn daran bitte diskriminierend?

Sie merken meine Wortwahl: Anbieten und aufklären möchte ich, nicht zwingen. Denn auch in all den letzten Jahren haben lange nicht alle, ehrlicherweise nur ein geringer Teil der Risikopatienten in meiner Praxis die Grippeimpfung in Anspruch genommen. Und es war ihre Entscheidung, damit ein höheres Risiko eine solche zu bekommen und vielleicht daran zu versterben auf sich zu nehmen.

Ihre FREIE Entscheidung.

Und um diese Freiheit für uns alle – Risikogruppe oder nicht – zurückzugewinnen, dafür stehe ich hier!

Denn um es mit den Worten einer bekannten schwedischen Autorin aus dem Buch „Die Brüder Löwenherz" zu sagen: Manche Dinge muss man einfach tun, weil man sonst kein Mensch ist, sondern nur ein Häufchen Dreck"! Dankeschön!

Aber dann: Demo fällt aus! Abgesagt angeblich wegen des schlechten Wetters! Wir können das nicht glauben, hören auch verschiedene Gerüchte, wissen aber nichts. Sollten die Veranstalter jetzt wirklich vor den Gegendemonstranten eingeknickt sein, aus Angst vor Eskalation? Halt, halt, die Bürgerkriegs-Simulation hatte ich doch nicht gewählt, oder? Unsere Freunde sind frustriert, als wir unverrichteter Dinge wieder nach Hause gehen, wir insgeheim erleichtert und froh den Nachmittag mit Spiele spielen statt mit nassregnen lassen und uns mit revolutionären Reden exponieren, verbringen zu können. Mann, sind wir Luschen!

Tag 62

Ich habe mich mit der Hexenjagd bzgl. der sündigen Gemeinden getäuscht. Diese haben`s ganz gut geschafft, dass sich nach dem ersten Aufruhr kein Schwein mehr für ihre Fallzahlen (die dann übrigens auch wieder von ganz allein heruntergegangen sind – DAS war der Presse dann aber keine Schlagzeile mehr wert!) interessiert. Dafür wurden bei der gutbürgerlichen Suche nach ausscherenden Sündern nun aber neue Opfer gefunden. In bigotter hochheiliger Entrüstung fällt ganz Deutschland über 1. die Betreiber eines Restaurants in Voll (Niedersachsen) und 2. über die Verantwortlichen eines Gottesdienstes in Kranffurt her. Dort wurden in jeweils sittenwidriger Weise die 10 Gebote von Anstand und Moral, äh, die Gebote von Abstand und Mundschutz missachtet (jawohl, sträflich missachtet! Man höre und staune und empöre sich!), wie in, wenn ich das jetzt mal extrapoliere, vermutlich vielen Orten in ganz Deutschland. Leider leider hatten bei diesen beiden Gelegenheiten jetzt aber nun doch ein oder mehrerer Beteiligte (so ganz genau erfährt man das leider nicht in den Artikeln – wieso denn auch, dann könnte man sich ja glatt mal eine eigene Meinung bilden zur Ansteckungsrate von Rocona. Aber viel einfacher ist es doch, sich an der Schlagzeile „100 Infizierte nach Gottesdienst" zu ergötzen und ein bisschen zu gruseln!) Rocona – und danach dann ein paar mehr, die es ihrerseits wieder weitergegeben haben. Ja, so ist das halt bei Viren und so wird es auch immer sein. Gott (und Kermel) sei Dank drohen den Unholden jetzt „empfindliche Strafen", die, so denke ich, vor allem zwei Zwecken dient: Zum einen der Abschreckung für mögliche Nachahmungstaten, zum anderen der Befriedigung der neidischen Schadenfreude der Wohlanständigen. Ich finde, keiner der beiden Gründe hat groß was mit Rocona, aber umso mehr mit der menschlichen Psychologie zu tun. Ich frage mich, wie sich die Entscheidungsträger das hier eigentlich weiter vorstellen in unserem Land? Klar, wie Opi Methusalix (auch als unser Ministerpräsident bekannt) sagt bzw. hochoffiziell regierungserklärt hat: Eine Rückkehr zur Normalität wird es erst geben, wenn wir einen Impfstoff haben. Und bis dahin? Das glaubt doch keiner ernsthaft, dass sich in ganz Deutschland jetzt zufällig nur die zwei Gesellschaften vergnügt haben, wo einer (oder so, siehe oben) erkrankt (und vor allem: ansteckend!) war. Und das werden die Leute auch weiterhin machen, das gehört nämlich zu unserem Leben, miteinander Zeit zu verbringen, ohne Netz, Mundschutz, Abstand und doppelten Boden.

So auch der Opi, den wir beim Eisholen (heute scheint schon wieder die Sonne. Ich sag`s ja, Petrus ist kein Widerstandsprotestler!) beobachten (Eis in Zeiten von Rocona Teil 3): Voll offensichtlicher Freude über das gerade erworbene Himbeereis führt er das befüllte Hörnchen in Richtung Mund – aber leider leider: Maske vergessen! Das quietscherosarote Eis landet mit voller Wucht in der weißen Alltagsmaske, man hört unter Maske und Eis ein gedämpftes Fluchen – und die Maske landet in hohem Bogen im nebenstehendem Mülleimer, gut so. Jetzt kann das Eis genossen werden!

Tag 63

Mea maxima culpa! Jetzt ist es bewiesen, was schon seit Wochen in der Presse postuliert wird: „Die Masken [und der Abstand] sind die wirksamsten Maßnahmen im Kampf gegen das Virus". Dieser großartige Durchbruch, der doch nun auch die letzten Zweifler und lästerlichsten Lästermäuler wie mich zum Verstummen bringen wird, gelang nun fernöstlichen Forschern im Versuch mit Hamstern. Hamster? Ja, richtig gehört, es weiß doch jeder, dass diese in Aussehen, DNA und Verhalten (siehe Klopapierkäufe und so) der menschlichen Rasse von allen Tieren am ähnlichsten sind und somit Versuche mit ihnen quasi 1:1 auf den Menschen übertragbar sind. Aber lasst uns nun den genialen Versuchsaufbau betrachten: Es gab eine Population mit erkrankten und eine mit gesunden Hamstern, die im Vergleich jeweils mit und ohne Mundschutz aufeinandertrafen. Mundschutz? Aufeinandertreffen? Während mein Puls bei der Vorstellung sich gegenseitig die Mullfetzen von der Schnauze reißender Nagetiere in die Höhe schnellt, erfahre ich; sooo ja nun nicht. Zum einen waren die possierlichen Tierchen in zwei getrennten Käfigen und zum anderen trugen sie keinen MSS (Mini-Schnauzen-Schutz), sondern erhielten (oder in der Kontrollgruppe eben auch nicht) eine zusätzliche Umhüllung ihres Käfigs mit dem Stoff von OP-Masken. Ein zusätzliches Gimmick war die Installation eines Ventilators über den Käfigen der Erkrankten, um für die Verbreitung des Virus zu sorgen. So einen trägt ja bekanntlich auch jeder Roconainfizierte Mensch auf dem Kopf, insofern auch dies optimale der Realität angenäherte Bedingungen. Jetzt wissen wir also dank dieses Experiments, nach welchem die Welt nie mehr so sein wird, wie sie mal war, dass wir, wenn wir unter einem Ventilator sitzende Rocona-infizierte Hamster sind, unsere Mit-Hamster schützen können, indem wir unseren Käfig mit Stoff umhüllen. Übrigens sind auch im „geschützten" Versuchsaufbau zwei gesunde Hamster im Nebenkäfig erkrankt – Pech gehabt.

Eine kleine nicht repräsentative Beobachtungsstudie am Rande, die auch den allerallerletzten klitzekleinsten Rest der Übertragbarkeit dieser Studie auf die Menschenwelt derzeit konterkariert, zeigt die Art und Weise, *wie* viele ihre Maske tragen. Folgende Maskentrageweisen haben wir beobachtet:

- Fast korrekt, aber eben nicht ganz: Nase freiliegend, Mund bedeckt
- Der Klassiker für Faule: Ans/unters Kinn geschoben
- Der Skifahrer- oder Jogger-Style: Stirnbandlike[19] oberhalb der Augen sitzend

---

[19] Stirnbandlike = Anglizismus für: stirnbandähnlich

- Handtaschenähnlich am Handgelenk baumelnd
- Die neue coole Variante: Lässig am Oberarm klemmend
- Der Nackenschutz am Hinterkopf
- Alaaf und helau! Einmal als Hütchen auf den Kopf (klappt besonders gut mit vorgeformten FFP2-Masken!)
- Die non-contact[20]-Variante: In der Seitentasche oder am Reißverschluss des Rucksacks hängend
- Für Radler: Am Lenker ihres Zweirads hängend
- Leider bislang nur als Karikatur gesehen: Mund-Nasen-Schutz als Bikini oder Lendenschurz

---

[20] non-contact = Englisch für: berührungslos, kontaktfrei

Tag 64

Nicht nur über die Relevanz von Hamsterstudien und das korrekte Tragen der Maske kann man dieser Tage unterschiedlicher Meinung sein, sondern auch über die Auslegung der Empfehlungen/Auflagen/Gebote (ja, was denn nun?) bzgl. Rocona, im konkreten Fall, den ich schildern will, im Breitensport. Meine Kinder machen Leichtathletik, ihre Freunde Fußball und Tennis. Im bisherigen Verlauf der Pandemie herrschte hier zwischen den Kindern eine gewisse Gerechtigkeit in dem Sinne, dass einfach nichts lief, finito. Jetzt allerdings, wo wir alle langsam zur Normalität (vielleicht zur neuen oder auch ein Stück in die alte, aber besser nicht zu sehr) zurückkehren wollen, ändert sich das. Schon seit Tagen sind die Trainerinnen meiner Kinder redlich bemüht ihren Schützlingen in irgendeiner Weise ein Training zu ermöglichen. Erst fehlte es am Hygienekonzept, dann war der Wald bzw. der Sportplatz nicht freigegeben, erst war Hochsprung erlaubt, dann doch nicht. Ende des Liedes ist nun ein drei (!!!) – seitiges Hygienekonzept des Vereins – für eine Dreiviertelstunde Sport in Vierergruppen. Nicht erlaubt sind: Näherung auf 1,5 m (jaja, kennen wir schon, die alte Leier), Toiletten, Duschen (igitt, Hygiene wird ja eh völlig überbewertet – Moment, war das nicht genau andersherum?!), Umkleiden, Hochsprung, werfen (wegen Anfassen der Bälle), Trinkflaschentausch, zu früh oder zu spät kommen, Durchtauschen der Gruppen, Hinter- oder

Nebeneinanderherlaufen (wegen der bis zu 30 m reichenden Aerosolwolke, ah ja!), erlaubt ist alles andere, also quasi nichts. Soweit, so ungut, bevor die Kinder neben der drohenden Verdummung durch weiteres Home Schooling noch verfetten und weiter sozial isoliert abbauen, machen wir den Scheiß halt mit. Dann aber erfahre ich von der Fußballermutter, dass bei denen im Verein (ebenfalls Vierergrüppchen plus Trainer, soweit die Übereinstimmung) das Durchmischen der Grüppchen erlaubt ist, O-Ton Trainer „das Nicht-Durchmischen ist lediglich eine Empfehlung, kein Zwang". Aha. Ebenfalls dann aufschlussreich das Gespräch mit der Tennismami: Der deutsche Tennisbund war so geschickt und hat sich gleich über zwei promovierte Menschen versichern lassen, dass die Übertragung von Rocona über den Tennisball eigentlich ausgeschlossen sei (O-Ton: Eine Übertragung ist allenfalls denkbar, wenn ein Spieler auf den Ball spuckt und ihn dann in dem Mund des anderen schlägt – herrlich!) – der darf also angefasst werden. Nochmal aha. Und da wundert sich noch irgendjemand über die zunehmende Spaltung der Gesellschaft, wenn schon beim Breitensport keine einheitliche (möglichst liberale!!!) Linie gefahren wird und so zwangsläufig das Gefühl der Benachteiligung entsteht. Apropos Benachteiligung und Sport: Ich glaube, ich hatte noch nicht erwähnt, dass die Fußball-Bundesliga (ohne Live-Publikum) bereits seit einiger Zeit wieder spielt – natürlich NICHT nur zu fünft oder ohne Ball. Sprachlosigkeit bei mir auf ganzer Linie!

Es gibt noch einen anderen Aspekt, der mir im Zusammenhang mit den extern organisierten Freizeitaktivitäten unserer Kinder dieser Tage auffällt. Alle finden es ja so superdupi, dass Rocona uns alle so entschleunigt und wir jetzt wieder in uns hören können und spüren, worauf es in unseren Leben wirklich ankommt. Und weil dieser Aspekt neben der ganzen politischen Dimension tatsächlich auch bei uns angekommen ist, haben wir beschlossen, dass es verschwendete Lebenszeit wäre, für eine halbe Stunde jetzt wieder erlaubten Live-Musikunterricht ans andere Ende der Stadt zu fahren, weil der wegen der nach wie vor größtenteils geschlossenen Schulen nicht wie vorher in der Schule um die Ecke stattfinden kann. Deshalb haben wir vom Angebot des Musiklehrers von Kind Nr.1, genau dies zu tun, nicht Gebrauch gemacht, sondern um weiteren Skype-Unterricht gebeten. Die Reaktion des Musiklehrers war, nun ja, verhalten. Und in mir entsteht das Gefühl, dass Entschleunigung eine prima Sache ist, solange man sie für sich praktiziert – aber wehe, man zeige deshalb zu wenig Einsatz, oder es führe im schlimmsten Falle das sogar zum Nachteil eines anderen. Aber das widerspricht sich doch, oder? Irgendwie verstehe ich das nicht so ganz....

Tag 65

Aktuelle Umfragen ergeben, dass ein Teil der Menschen in diesem Land (etwa 30%) findet, das Tempo der Lockerungen sei angemessen, hingegen befürchtet 50%, dass es zu schnell geht und den restlichen 20% geht es nicht schnell genug. Autsch! Und wie kommen wir da jetzt wieder raus als Gesellschaft? Wenn sich ganze 50% durch das, was 20% (sind ja nun auch nicht grad wenige), vielleicht auch sogar durch das, was weitere 30% will, bedroht fühlt? Und die 20% in der anderen Ecke sich drangsaliert, bevormundet etc. vom Rest, zumindest aber von den 50% am entgegengesetzten Ende fühlt? Der verursachende Kern der Problematik (von 50 bis 80%) heißt offensichtlich Angst. Um die zu behandeln bräuchte jetzt eigentlich das ganze Land eine Psychotherapie. Oder würde es nicht einfach reichen, wenn die Regierung mal zugeben könnte, dass an der ein oder anderen Stelle überreagiert wurde, man manches zu Beginn nicht wusste, was man jetzt aber weiß und deshalb ohne drohende Gefahr bestimmte Dinge wieder tun kann? Das wäre doch schon mal ein Anfang, auf den wir vermutlich warten können, bis wir schwarz werden. Es wird zwar vereinzelt, mal mehr, mal weniger zurückgerudert, aber stets mit dem (angsterzeugenden bzw. – verstärkenden) Zusatz, man müsse trotzdem weiter wachsam sein und wenn durch die Lockerung dieser oder jener Maßnahme die Fallzahlen wieder nach oben gingen, müsse man wieder härter durchgreifen. Leute! So reduziert man doch keine Ängste! Und um das zu wissen, braucht man keine „Psychologie heute", da reicht schon das Dossier der Brigitte! Da lernt man so Dinge wie, dass es (mindestens) 10 positive Gegenerfahrungen braucht, um eine Negative aufzuwiegen. Sprich: Nach einem Hundebiss 10 freundliche schwanzwedelnde Wauzis mit dem denkbar treuherzigsten Dackelblick – und die Hundeangst hat eine Chance zu verschwinden. So aber wie es bei der Rocona-Angst-Pandemie hier derzeit läuft, wurde mit einer megakrassen Antriggerphase durch die italienischen, spanischen und amerikanischen Särge, Fotos und Lebensstories verstorbener britischer NHS-Mitarbeiter im Daily Telegraph, Bilder von Intensivstationen und Beatmungsgeräten bei offenbar 50 % der Bevölkerung erfolgreich eine tiefe irrationale nun auch nicht mehr durch minimale Fallzahlen zu mindernde Angst und Panik ausgelöst und gefestigt. Statt dieser (in ihrer Tiefe mit der durch ein Trauma verursachten vergleichbaren) Emotion nun (wie jeder gute Therapeut) mit Verständnis, Sachlichkeit und Beruhigung zu begegnen, erfolgt (wie oben ausgeführt) das weitere Schüren und die Aufrechterhaltung. Ich frage mich noch einmal: Wie kommen wir da wieder raus, und die traurige Antwort kann nur „gar nicht" lauten.

Tag 66

Was geht? Die GEMÄLDE-Zeitung, noch nie wirklich zimperlich in ihrer Wortwahl, legt sich öffentlich mit unser aller Held Frosten an, der doch letztens für tolle Propaganda, äh, Kommunikation schon einen Preis bekommen hat. Das geht doch nun wirklich nicht! Und weil das auch der Virologe selber findet, schießt er schon am selben Tag scharf zurück. Im Krieg gegen die GEMÄLDE-Zeitung, ohweia, das hat glaube ich noch keiner geschafft, da zu gewinnen. Fast tut er mir ein wenig Leid, wie er sich da trotzig-empört über die Diffamierung seiner Person und seiner Studie beschwert. Aber nur fast, denn bei dem von ihm gegenüber der Zeitung geäußerten Vorwurf „tendenziöser Berichterstattung" (der von allen zu seiner Verteidigung herbeigeeilten Medienleuten und Politikern auch brav nachgeplappert wird) bleibt mir der Mund offen stehen: Wenn wochenlang alle Medien ausnahmslos die gleiche Meinung publizieren, ist das legitim und gemäß Presse- und Meinungsfreiheit - wenn eine Zeitung mal nach all dieser Zeit ihr Fähnchen in die andere Richtung flattern lässt, ist das tendenziös? Sagt mal, geht's noch? Und worum es in der ganzen Aufregung eigentlich geht, geht wie üblich in dieser Simulation völlig unter. Ist in dem Fall auch nicht schad` drum, der Streitapfel ist nämlich, ob in einer Studie vom Frosten die Kinder nun genau so eine hohe Viruslast haben wie die Erwachsenen oder auch nicht. Da in einem Artikel im

Ärzteblatt aber schon vor Wochen drin stand, dass der Rückschluss von Viruslast auf Ansteckungsgefahr nicht zulässig ist, entlockt mir Frosties Studie nur ein Gähnen.

Tag 67

Als passende Gegenbewegung zum gestrigen GE-MÄLDE-Aufschrei („Lasst die Kinder wieder in die Schulen und Kindergärten!") heute wieder die medial gelungene Triggerung des Angstzentrums – aller Eltern und überhaupt. „Mysteriöse Todesfälle bei Kindern mit Rocona weltweit" lese ich und bin (ich gebe es zu!) alarmiert. Doch wie so oft dieser Tage (damn[21], wieder kein Eis gewonnen!) ist die Recherche trotz Unmengen an Google-Treffern mühselig – wieso? Na, weil alle voneinander abschreiben und sich mit verwendeten Adjektiven dabei gegenseitig über -, mit Fakten aber unterbieten. Einzig aus den USA finde ich mal eine (niedrig dreistellige) *Zahl* mit Fällen von Kindern mit Kawasaki-Syndrom[22] in Zusammenhang mit Rocona, davon seien drei gestorben. Ok jetzt, drei tote Kinder sind drei zu viel – aber reden wir nicht in diesen Zeiten immer von Zahlen, die die derzeitigen trotz der gefühlten „es ist doch alles wieder fast wie normal"-Aussage vieler immer

---

[21] damn [dæm] = Amerikanisch umgangssprachlich für: verdammt, verflucht

[22] Das Kawasaki-Syndrom oder mukokutanes Lymphknotensyndrom (MCLS) ist eine akute, fieberhafte, systemische Erkrankung, die durch eine Gefäßentzündung (nekrotisierende Vaskulitis) der kleinen und mittleren Arterien gekennzeichnet ist. Zusätzlich ist eine systemische Entzündung in vielen Organen vorhanden. [Quelle: Wikipedia]

noch bestehenden massiven Maßnahmen wie fortbestehende Schulschließung und damit Aussetzen des Rechts auf Bildung für die meisten deutschen Kinder rechtfertigen müssen? Und mal ehrlich, das tun DREI Verstorbene nicht wirklich! Zu anderen Ländern finde ich einfach keine gescheiten Zahlen, auf irgendeiner vermutlich nicht seriösen Seite steht, in Deutschland sei noch KEIN Kind an Rocona gestorben. Das ist im Kontext zu mittlerweile 8000 Toten insgesamt hierzulande schon eine Aussage – und steht im Übrigen auch im Gegensatz zu Grippeepidemien, wo die ganz Kleinen genauso gefährdet für schwere Verläufe sind wie die Alten.

Nichtsdestotrotz gehen wir heute mal wieder einkaufen, Kind Nr. 2 braucht neue Shorts (bei der anhaltend schönen Sonne ist es auch jetzt im Frühling schon sehr warm). Die Mund-Nasen-Schutzmasken sind mit an Bord und relativ frohgestimmt nähern wir uns einer bekannten schwedischen Klamottenhandelskette. Die davor herumstehenden Menschen, von uns für „Herumlungerer" gehalten, stellen sich als auf den Einlass in den Konsumtempel Wartende heraus. Ganz im Stil der Supermärkte und Leihbüchereien dienen hier Kärtchen mit drangetackerter Diebstahlsicherung (echt kreativ!) als Personenzähler. Unbekümmert wandern diese von der Hand des herausgehenden Kunden über die Hand der Angestellten in die Hand des nächsten Kunden (uns) – und das bei kurzem Shoppingstippvisiten wohl im 5-Minuten-Takt. Lecker und meines Erachtens nicht wirklich keimfrei. Naja, egal, mit den Kärtchen in der

Hand stiefeln wir in die Kinderabteilung, finden ein paar nette Hösels und suchen die Umkleide. Leider vergeblich, denn „wegen der Rocona-Krise können zu Ihrer Sicherheit die Umkleidekabinen nicht benutzt werden. Damit Sie Ihre Kleidungsstücke bequem zu Hause ausprobieren können, bieten wir Ihnen ein verlängertes Umtauschrecht von 30 Tagen". Na, das ist ja toll! Wenn ich die Klamotten nicht im Laden anprobieren kann, entfällt für mich auch noch der letzte Grund, *nicht* im Internet einkaufen zu gehen. Oder habe ich Lust, ein paar Tage später wieder zum Umtausch in die Stadt zu eiern, mich wieder anzustellen, usw. (s.o.)?! Jetzt sind wir nun aber schon mal da und nicht dumm, deshalb machen wir uns durch die Babyabteilung auf den Weg zum Wickelraum (den wir als Alternativumkleide zu nutzen gedenken). Surprise, surprise[23] (eigentlich hätte ich`s mir ja denken können...), auch der ist gesperrt. Hoffentlich wissen die Babys auch, dass sie wegen Rocona jetzt bitte nicht mehr in die Windeln sch..... sollen!

---

[23] Surprise, surprise [səˈpraɪz] = Englisch umgangssprachlich für: Überraschung!

Tag 68

Wieder Demo heute. Da wir vorher noch wandern waren, kommen wir mit einer halben Stunde Verspätung „von hinten" auf den Platz. Die von weiten homogen wirkende Menge entpuppt sich beim Näherkommen als Mischung zwischen den uns mittlerweile zu einem Gutteil bekannten Teilnehmern der „Mahnwache fürs Grundgesetz" und einer zum Teil pöbelnden Gegendemo mit Plakaten wie „Gegen die Relativierung des Holocaust" oder „Wer steuert Euch?". Ich denke, „Thema verfehlt" und verstehe die Motivation dieser vielfach in schwarz gehüllten Leute nicht. Immer wieder brechen sie in Buhrufe und despektierliche Sprechchöre aus, ich finde dieses Benehmen irgendwo zwischen befremd- und widerlich und die Atmosphäre leicht bedrohlich. Meine wieder mitgebrachte Rede von letzter Woche werde ich hier und heute auf keinen Fall halten! Schließlich entzündet sich an irgendeiner mir nun schon wieder entfallenen Kleinigkeit eine kurze aber hitzige Diskussion zwischen uns und einem der „anderen", der dicht neben uns steht. Ich erfahre nun (über den jungen Mann, der mit seinem weißen T-Shirt und dem medizinischen Mund-Nasen-Schutz eigentlich ganz harmlos aussieht (soweit man solche Beurteilungen überhaupt und dann noch ohne das halbe Gesicht gesehen zu haben treffen kann), als für uns sozusagen Sprachrohr der Bewegung), dass die Gegendemonstranten der Meinung sind, dass wir alle zum rechten

Spektrum gehörten bzw. der Rest zu dumm sei zu merken, dass dieses uns unterwandere. Aha. Fest wird dies daran gemacht, dass an den letzten Demonstrationswochenenden Sprechende am Mikro Vergleiche der derzeitigen Situation mit dem Nationalsozialismus gemacht hätten. Mmh, ja, stimmt, und was hat er dagegen? Das sei eine Verharmlosung des Holocaust und ich habe ja wohl keine Ahnung, wovon ich spräche und wie das damals gewesen wäre. Ich verkneife mir die Frage, ob er persönlich dabei war, denn das war ich auch nicht (dem Himmel sei Dank) und entgegne, dass es um die Parallelität von Vorgängen wie die Gleichschaltung der Presse und repressive Maßnahmen des Staates ginge. Und überhaupt wir hier nicht auf der Straße stünden, um über die exakte Angemessenheit von Vergleichen zu diskutieren, sondern dass es hier um etwas ganz Anderes gehe, ob er das nicht verstehe. Nein, wohl nicht, denn in nun schon ziemlich aggressiven Tonfall erfahre ich, dass ihm meine Kinder Leid täten, wenn sie von mir lernten, den Völkermord an Millionen Juden zu verharmlosen. Bitte – what[24]?! Nun bin ich in der Tat sprachlos. Die elterliche Kompetenz abgesprochen zu bekommen ist so ungefähr das Ärgste, was man einer Mutter an den Kopf werfen kann, darüber hinaus verstehe ich es einfach nicht, dass dieser Kerl nicht einsehen will, worum es hier eigentlich geht. Um hier und heute und die Freiheit, ohne Maske so

---

[24] what?! = Amerikanisch umgangssprachlich für: Wie bitte?! Häh?!

viele Menschen, wie man möchte, zu treffen. Die Aufhebung des Notstands, der ohne Not (die es hierzulande nie gegeben hat!) weiterhin besteht und es der Regierung weiterhin erlaubt, unter Umgehung der etablierten demokratischen Strukturen Vorschriften zu erlassen. Darum, dass das Recht meiner Kinder auf Bildung und Kontakt mit Altersgenossen endlich wieder erfüllt wird. Darum, dass endlich von politischer Seite zugegeben wird, dass vieles unnötig war und man das nächste Mal vielleicht mal ein bisschen drüber nachdenkt, bevor man uns zu Hause einsperrt. Aber das kann ich ihm alles leider nicht mehr sagen: Erstens hat er sich abgewendet und zweitens kann ich meine Sprach- und Fassungslosigkeit in der Situation immer noch nicht überwinden. Später ärgere ich mich über mich selbst. Im Austausch mit meinem Mann stellen wir aber auch fest, dass wenn jemand nur auf ein Thema versteift ist, es fast sinnlos ist, ihn auf ein anderes bringen zu wollen. Schade, denn welche Meinung er (und seine pöbelnden Kumpanen) denn nun eigentlich bzgl. der Rocona-Maßnahmen haben, weiß ich gar nicht. Dabei sind sie, die sogenannte Antifa, doch eigentlich die selbst ernannten Wächter gegen autoritäre Staatsstrukturen (so dachte ich), wie tiefgreifend ironisch, dass sie nun, wo ihre Wachsamkeit in hohem Maße gefragt wäre, nichts Besseres zu tun haben, als sich an Vergleichs-Spitzfindigkeiten abzuarbeiten. Rechts, links, das ist alles ganz schön verwischt und verwirrend dieser Tage. Unvermittelt muss ich an meinen alten

Deutschlehrer in der Schule denken, der den Ausspruch brachte, dass die extreme Linke und die extreme Rechte einander näher seien als beide der Mitte. Damals habe ich (eher links) dagegen aufs Heftigste widersprochen. Heute, vor allem gerade jetzt in dieser Simulation fällt es mir schwer, diese Worte überhaupt für eine politische Richtungsangabe zu verwenden.

Tag 69

Das Thema von gestern lässt mich auch heute nicht los. Ich schaue (ganz mainstreammäßig-neutral bei Wikipedia), was politisch rechts und links überhaupt heißt: In der Anfangszeit hatte das mal so überhaupt nichts mit Einwanderung etc. zu tun. Seinen Ursprung haben diese Begrifflichkeiten nämlich im Parlament nach der Julirevolution (1830) in Frankreich und bezogen sich dort tatsächlich auf die Sitzordnung. Rechts saßen die, die auf Grund der Überzeugung, dass jeder Mensch verschieden ist, generell eine hierarchische Staatsform (damals dann die Monarchie) befürworteten. Die Linken waren ganz in den Grundsätzen der französischen Revolution von der „égalité"[25] aller Menschen überzeugt und fanden, dass dies auch politisch in einer gleichberechtigten Herrschaft aller seinen Ausdruck finden müsste. Später spalteten sich sowohl rechts als auch links in alle möglichen mehr oder weniger extremen Strömungen. Einig sind sich aber wohl die Linken grob gesagt darin, dass sich an der Gesellschaft was ändern muss, um zu größerer Gleichbehandlung zu kommen (notfalls auch mit Gewalt); und die Rechten darin, dass sie eben diese Änderung (bei Wikipedia heißt es „aktiv emanzipatorische Gesellschaftsveränderung") ablehnen. Schwierig, wo ich mich da verorte. Und da hier so einen Tag vor Ende der Simulation vielleicht

---

[25] égalité = Französisch für: Gleichheit, Rechtsgleichheit

auch der Moment für einen Rückblick, ein Resümee gekommen ist, stelle ich fest, dass ich tatsächlich durch diese Simulation erst gemerkt habe, was *mir* wichtig ist an einem Staat, an meinem Land, an unserer Gesellschaft. Wenig überraschend nach all den Tagen ist dies: Die individuelle Freiheit, meine eigene, aber auch die aller anderen. Auch wenn es schon vor Rocona einige Regeln, Vorschriften, Gesetze gab, die ich meist befolgt habe, so habe ich diese doch nicht als Einschränkung meiner persönlichen Freiheit, sondern als sinnvolle Rahmengebung unseres Miteinanders empfunden. Als Spielregeln, damit trotz unserer Unterschiedlichkeit keiner auf der Strecke bleibt („leave no one behind!"[26] ist auch so ein linker / Antifa / was auch immer Spruch), bspw. Schulpflicht als versuchter Weg, gleiche Bildungschancen für alle Kinder zu ermöglichen. Bsp. Steuern, Krankenkassen, Rentenkassen als solidarische (da ist es wieder, dieser Begriff) Zahlungen aller, damit die, die es gerade brauchen, Stütze, medizinische Hilfe, Rente bekommen. Vielleicht verbunden mit der Hoffnung, dass auch ich aufgefangen werde, wenn ich es mal brauche. Vor allem aber aus der Überzeugung, dass es gerecht ist, wenn ich, der es gerade besser geht, andere, denen es gerade schlechter geht, unterstütze, ob das nun links oder rechts ist, egal. Gleichzeitig hatte ich aber auch die mir bislang unbewusste Erwartung, dass der Staat mich in meiner Individualität nicht nur

---

[26] „leave no one behind!" = Englisch für: "Niemanden zurücklassen!"

in Ruhe lässt, sondern mir im Zweifel auch hilft, jene gegen Zwang von außen zu verteidigen. Schließlich sind z.B. Sekten in Deutschland verboten und es gibt eine unabhängige Gerichtsbarkeit, die auf dem Boden des Grundgesetzes, welches diese Freiheitsrechte beinhaltet, Recht spricht. Niemals hätte ich vor dieser Simulation geglaubt, dass dies einmal anders sein könnte. Dass nicht nur der Staat mir nicht mehr hilft, zu meinem Recht zu kommen, sondern aktiv derjenige ist, der mir die Rechte, die er mir laut Grundgesetz zugesagt hat, nimmt und aberkennt. Diese Tatsache hinterlässt mich aufgerüttelt, zerrüttet, mit der Frage, wie ich diesem Staat noch trauen kann, der mir in dieser auf realen Hochrechnungen basierenden Simulation mein höchstes Gut, meine individuelle Freiheit genommen hat.

Tag 70

„Die Rocona-Krise ruft das Beste in uns hervor", so sagte unser Bundespräsident vor ein paar Wochen. Ach ja, tut sie das? Heute will ich mich gar nicht mehr noch weiter dazu äußern, was sie meiner Meinung nach bei meinen Mitmenschen hervorgerufen hat, sondern mich auf mich selber konzentrieren. In mir hat sie den trotzigen Teenager hervorgerufen, der ich einmal war. Der sich, je mehr Vorschriften ihm gemacht werden, desto mehr verweigert, wütet, uneinsichtig ist. Den Erwachsenen den großen Stinkefinger zeigt und sie hasst dafür, dass sie meine Bedürfnisse nicht sehen und meine Sichtweise nicht verstehen. Ist das wirklich das Beste in mir? Auf jeden Fall hat mich diese Erfahrung hier politisiert, mehr, als ich es je seit meiner Jugend war. Ich glaube, das werde ich auch mit in mein weiteres Leben außerhalb der Simulation nehmen – eine große Wachsamkeit, was passiert.

Und hier in der Simulation, was passiert hier weiter? Da mein Abo auf 70 Tage begrenzt ist, werde ich es nie erfahren. Gibt es die perfekte zweite Welle, vor der sich viele so fürchten – jetzt noch virulenter, brisanter und tödlicher? Kommt es dann zur endgültigen permanenten Etablierung von politischen Entscheidungsgremien an den gewählten Parlamenten vorbei – die nächste Grippe etc. kommt schließlich auch bestimmt! Oder läuft das alles hier irgendwie aus, weil hoffnungsvoll der Virus auch mal die Nase voll von uns hat, und mit weiterem Rückgang der

Fallzahlen kommt es doch mal wieder zum demokratischen Erwachen und alle werden sich einig sein, dass wir beim nächsten Mal nicht so schnell den Notstand ausrufen und wenn dann, ihn zu einem vorher definierten zügigen Endpunkt auch wieder verlassen? Hach, das wäre zu schön um wahr zu sein, und wenn ich daran glauben könnte, könnte ich diese Simulation auch erhobenen Hauptes mit einem guten Gefühl verlassen. Leider sieht es trotz auf einem extrem niedrigen Niveau stagnierenden Fallzahlen nicht wirklich danach aus: Jeder neue Ausbruch wird auch heute, an Tag 70, von den Hyänen der Öffentlichkeit zelebriert und zur Triggerung der Angstzentren zum einen und zur Moralisierung der Nicht-Angst-habenden zum anderen genutzt. Ich bleibe bei meinen düsteren Gedanken von Tag 65.

Um mich noch ein letztes Mal vor Verlassen der Simulation mir selbst gegenüber rückzuversichern, vielleicht auch, um im Ergebnis meiner Graphikerversuche doch noch einen Sinn zu entdecken, versuche ich, die Dinge, die ich hier erlebt habe, zeitlich und thematisch aufzuzeichnen. Das Produkt dieses Projekts ist weiter unten zu finden. Und ja, ich bleibe weiterhin bei meiner Meinung, meiner Irritation, meiner Fassungslosigkeit über das Erlebte; und nein, einen Sinn konnte ich weiterhin nicht finden. Goodbye, Simulation!

Synopsis

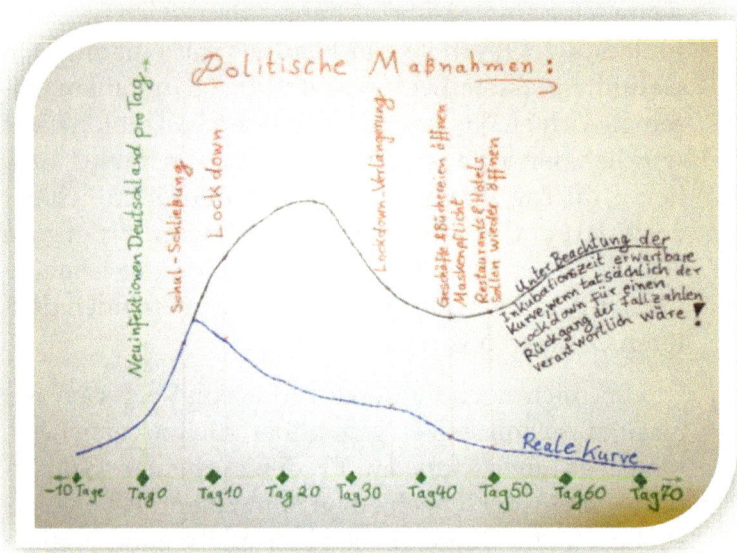

Zeitfracht Medien GmbH
Ferdinand-Jühlke-Straße 7
99095 Erfurt, Deutschland
produktsicherheit@kolibri360.de